新 潮 文 庫

桃色トワイライト

三浦しをん著

新 潮 社 版

8895

桃色トワイライト　目次

三章　人格ランドスライド

四章　欲望サテライト

桃色トワイライト

まえがきにかえて──負けない心を育《はぐく》む＠自室

　舶来物の箱入りビスケットを買った。九十九円の特売品だったからだ。

　ひとつの箱に、七種類の味×五組ずつ入って、九十九円だ。「組」と言ったのはクリームサンドタイプだからで、二枚のビスケット＋クリームで「一組」なのだ。ということは厳密に言うと、「七種類の味×五組×二枚のビスケット」と「七種類の味×五組分のクリーム」なわけで、なんと「七十枚のビスケットと三十五組分のクリーム」が入って、九十九円だ。

　いくらなんでも安すぎやしないか。

　舶来物（シンガ○ール製）なんだぜ？　船にしろ飛行機にしろ、海を渡ってやってきたんだぜ？　それなのに九十九円。なんなんだコンチキショウ！　私だってできることなら、九十九円でシンガ○ールに行ってみたいよ！　思わずビスケットに向かってそう哀訴してしまったね。

おそるおそる食べてみて、びっくりした。いや、おいしかったんじゃない。食べられないことはないけど、率直に言って「まずい」寄りの味だったのだ。あまりにも予想にたがわぬ結果すぎると、かえってびっくりするものだ。

しかもこのビスケット、三組食べるとものすごい胸ヤケに襲われるという、恐ろしい代物《しろもの》だった。ビスケット部分はカスカス。クリームの味は、駄菓子屋で売ってる指先ほどの小さい壺状《つぼじょう》のものに入ったヨーグルトみたいなやつ、あれに激似。つまり、生クリーム系の「こってり」とは縁もゆかりもない物体なのに、なぜか胸ヤケ。変なの〜(化)、じゃあ(学)いったいなにが(物)胸ヤケの原因なんだろう(質)。サブリミナル効果で、私が推測する胸ヤケの原因をお伝えしてみた。

だがもっと恐ろしいのは、果敢にこのビスケットに挑んでしまう自分だ。しかも夜中に。

初日は三組でギブアップしたのだが、こんなことでは人間として負けだと、次の日は四組食べた。今夜はこれを書きながら、五組食べた。いま、ほとんど吐きそうなぐらいの胸ヤケを必死にこらえている。残りはあと、二十三組か……。明日からも一組ずつ食べる量を増やしていけば、最終日は余った二組だけ食べればいい勘定になる。

それが唯一《ゆいいつ》の救いだ。救いか？

えーと、全然「まえがき」じゃない内容になってしまったが、「まえがき」って難しいのだ。

こんな調子で、ダラダラと過ごしてる日々をつづったエッセイなので、気軽にお楽しみいただければ幸いです。

カバーイラストは、松苗あけみ先生にお願いいたしました。引き受けてくださって、本当にどうもありがとうございます。私がどれだけ歓喜したか、カバーをご覧になったみなさまには、容易に想像がつくことでしょう。嬉《うれ》しくて回転しながらベッドにダイブしたら、積んであった漫画の山が崩れて顔面を直撃した。でも痛くなかったです。嬉しくて。

いつも無理やり登場させられている友人のみなさまにも、改めて感謝いたします。

では、はじまりはじまり〜。

一章　転宅スクリプト

事件がいっぱい

前から薄々気づいていたのだが、どうも私は、「一つのことでいっぱいいっぱいになっちゃう性質」らしい。

何冊もの本を、かけもちで読むことがなかなかできない。気に入った食べ物は、三カ月は食べつづけないと気がすまない。そのぐらいならまあ、許容範囲かもしれないが、物のあやめがわかるようになったころから今日まで、ホ○漫、ホ○小説を読みふけることをほとんど唯一《ゆいいつ》の楽しみとして邁進《まいしん》してきた事実に思い至ると、なんだかこの「一つのことでいっぱいいっぱいになっちゃう性質」というのも、ただの「性質」ではなく、一種の病なんじゃあるまいかと、不安にもなろうというものである。

うわあ、すごく長い一文を書いてしまった。

それはともかく、あまりにも「一つのことでいっぱいいっぱい」なのって、もしかしたら気の病かもしれんと、柄にもなくちと不安になってみたりしたわけだが、なんのことはない。やっぱりただの性格だったのだ。

私は今日、文楽に行った。「うわーい、うわーい」と夢中になって舞台を眺め、終演後に「はー、満喫したなあ」と劇場のトイレに入った。そして便器に向かってしゃがみながら、「あれ、私、傘をどうしたっけ」と思ったのだ。朝から雨だったため、傘をさして家を出た。その傘を、文楽終演後の私は持っていないのである。

行きの電車内、駅に着いてから劇場までの道筋。しゃがんだまま、順に思い浮かべる。うむ、たしかにその時点までは傘を持っている。しかし……文楽上演中は、座席に傘を置いていた覚えがない。

用を足してからも三分ほど個室にたてこもり、家を出てから現在までの道のりおよび情景を、繰り返し三回ぐらいまぶたの裏に浮かべる。そしてようやく、「あっ。劇場入り口の傘立てに入れた！」と思い出したのであった。

もう、「文楽を見るぞ！」ってことで頭がいっぱいで、劇場入り口にたどりついたときには夢うつつだったのだ。夢んなかで傘を傘立てに入れたことなんて、そりゃあ忘れちゃうよネ！

……一つのことでいっぱいいっぱいになっちゃう性質、というよりも、早くもボケの症状が出てるんじゃないかと自分を疑う。

傘の所在は無事判明したからよかったが、一個のことでいっぱいになっちゃう脳の容量だと、当然、不便なことがいろいろ出てくる。

私は現在、引っ越しの真っ最中だ。

私が家族に、「もう出てく！　ぷぃ！」と宣言したら、家族はそれを拍手をもって迎えた。「おー、出てけ出てけ。いつまでも居座られると家が狭くてかなわん」とばかりに。……なんだよ、ちょっとは引きとめてくれてもいいじゃないか。

そういう仕儀で、部屋探しをはじめることになった。しかし私は、いま住んでる町をテコでも動きたくなかった。オタク的にすんごく充実した本屋さんがあるからだ。この理由を言ったら、友人知人に「冗談でしょ？」と聞き返されたが、本当ですたい！　通い慣れた本屋のある町から、離れて生きてはいけぬのですたい！

思えば引っ越しを決意した原因も、増殖を続ける我が（ホ○）漫画コレクションにあった。少しは処分してくれないと重みで家がつぶれる、と家族に脅される毎日。もうまっぴらだ！　私は、私の愛する蔵書とともに自由を求めて旅立つ……！

家を出ていく原因も本、新たに住む場所を決める要因も本。そして、部屋探しが難航した理由もまた、本だった。

遠くまで本を運ぶのは大変なので、自宅の近くで部屋を探すことにした（引っ越し屋に頼むには恥ずかしく、また、大変な額になりそうな質量なので)。もちろん不動産屋は、「なんでこんなに自宅に近いところで部屋を探すの」と、いぶかしがる。しかたがないから、「本がいっぱいありましてね。ちょっと分散させたいんです。仕事場っちゅうかなんちゅうか、ね」と適当にごまかした(真実のところ、「仕事場」なんてかっこいいものではなく、私が実際に住まうわけだ)。

「なるほど、本ですか。どのぐらいあるんですか?」

と、私の担当をしてくれた不動産屋の兄ちゃんは言う。彼は、森田剛《ごう》と内野聖陽《まさあき》を足して二で割ったような、いかにも女性にもてそうな男子だった。彼の左手の薬指には指輪があった。しかし彼はポロリと、「僕も○○町の1Kに住んでるんですよ〜」と言った。

もし結婚していて二人暮らし以上なら、1Kには住まないだろ。仮にも不動産屋なんだから、もうちょっと広い間取りで、いくらでもいい物件を先取りできるだろ。このへん、家賃安いんだし。

というわけで、「ははーん、森田よ(仮名。私は心の中で、彼を常に「森田」と呼んでいた)。おぬし、その指輪を『女よけ』としてはめているのだな? いままでも女性客に言い寄られ、部屋の内見のときに危うく押し倒されそうになったり、森田が

『いかがですか、この部屋』と雨戸を開けて振り返ったら、女がすっぽんぽんになってて、『まだよくわからないわ。もっと隅々まで見せて森田さん！』と迫ってきたりと、散々な目に遭ったんじゃろう。ぐっしっし。色男はつらいな、森田よ！」と、私はひとしきり、内心でうなずいたのだった。

そんな私の物思いを知らぬ森田（仮名）は、誠実そうな爽《さわ》やかな眼差《まなざ》しで、私の返答を待っている。私は咳払《せきばら》いをして、「昼下がりの情事〜空室の鍵《かぎ》貸します〜」の脳内上映を中止した。

「そうですね。ひとまず移したいのは三千冊ぐらい？」

「えっ」

と森田がひるんだ。「具体的に量が思い浮かびませんが、それは無茶ですよ。アパートがつぶれます。減らしてくれないと、自信をもってご紹介できません」

「わかりました。減らしますから、いい部屋を教えてください。家賃が安くて、間取り広々で、駅から近いところ！」

無理な注文だ。「間取り広々」の部屋を借り、森田を裏切って本をいっぱい運び入れようと算段してるし。

森田は「うーん」といろいろ物件を思い起こし、「あ、一コいいのがありますよ！」

と明るく言った。私たちは早速、つれだって部屋を見に行った。

駅からすごく近いのに静かだし、家賃も手頃だし、広めだしで、私はその部屋を気に入った。しかしなぜ、この物件だけ周囲の相場より、やや安いんだろう。ま、まさか、噂《うわさ》に聞く「ワケ有り物件」？　夜な夜な幽霊がすすり泣いちゃったりする？

「出るんですか、ここ」

と単刀直入に森田に聞くと、森田は「まさかぁ」と笑った。

「出やしませんよ。ただ……」

バーンとトイレらしきドアを開ける森田。「ごらんください！　安いビジネスホテルよりもまだ狭い、三位一体（バス・洗面・トイレ）ぶりを！　だからお手頃価格なんです。このごろは、風呂《ふろ》とトイレは別になってたほうがいい、というかたが多いので」

「なんだ」

と私は言った。「べつに、三位一体型で狭くてもかまいません。めったに風呂なんか入らないし」

「え、風呂入んないんですか……」

森田と私のあいだに、沈黙が下りたのだった。

以上の次第で、部屋は決まった（べつに、不動産屋の顔で選んだわけじゃない）。ところが、引っ越しが遅々として進まないのだ。例の、「一つのことでいっぱいいっぱいな性質」のせいである。

仕事のかたわら、家具や家電をそろえようとしても、全然だめ。仕事に対しても引っ越しに対しても気もそぞろで、どうも中途半端《はんぱ》になってしまう。

「かわいい家具や家電を見つけなきゃな」と意気込んでも、精神力が最後まで持続しない（たかが引っ越し準備が、「精神力」を云々《うんぬん》するほどのものか？　とも思うが）。「どうせ、だれに見せるもんでもなし、適当でいいや、めんどくさい！」と、結局ちぐはぐな物で妥協している。なんだか、ヘボい部屋になりそうだ。

一つのことにいっぱいいっぱいの性格をなんとかしないと、何事もうまくいかないのである。

と、ここまでの文章を、私は文楽帰りに電車内で反古《ほご》の裏に書いた。そうしたら……書くのに夢中で、カバンを網棚に置き忘れた。ぎゃー！　財布もPHSも入ってるのにー！　クレジットカードも手帳もー！

ものすごくショックだ。現在、駅員さんに頼んで、先の駅まで運ばれてったカバンを捜索してもらってるところだ。見つかってくれ……！　頼む！

やっぱりね……一つのことでいっぱいいっぱいだからね……。って、こんなオチはいらん。この原稿の締め切りが迫っていて、泡を食ってたからな。仕事熱心な己れを憎む！

桃色追記。

カバンは無事見つかり、後日、運ばれた先の駅まで取りに行った。そのときにかぎって奇跡的に、買ったホ○漫画をカバンに入れていなかったことが、せめてもの救いである。

想像をかきたてるもの

大河ドラマ『新選組！』の視聴率が低いという話を、新聞などで目にするが、私には充分おもしろく思える。特に京都に行ってからは、隊のなかでの人間関係が浮かびあがってきて、けっこう夢中だ。毎週とまではいかないが、都合がつくときは見るようにしている。日曜に見られなかったら、なんとか土曜の再放送を見ようとする程度に、夢中だ。

昨日の回（二〇〇四年五月二日放送「はじまりの死」）なんて、登場人物が総じて「近藤ラブ」を明確に打ちだしてきて、にやにやした。みんなの愛を一身に受ける近藤さんはといえば、「これでよかったのだろうか」と悩むばかり。

ホントに悩んでるのか？「こうやって悩んでるフリをしてれば、歳《トシ》のやつが適当に泥をかぶって、みんなをまとめてくれるだろう」とか期待してないか？

ついそんな、「腹黒い近藤勇《いさみ》」を想像してしまうほど、登場人物が無邪気に近藤に愛を捧《ささ》げている。とてもいい。組織物の王道を着々と進みつつある。王道とはつまり、「カリスマに対する率直な愛の表明→仲間内で、カリスマから自分に注がれる愛の量を競いあう→仲間が分裂→やがて芽生えるカリスマへの不信→組織崩壊」だ。ぐっしっし。これからの展開も楽しみだなあ。

「いい」と言えば、山本太郎の胸毛も見られた。しかし、「婆《ばあ》さんに惚《ほ》れられる間抜けな原田左之助《さのすけ》」という太郎の役柄に比べて、斎藤一《さいとうはじめ》のオダギリジョーは、かっこいい役を割り振られている。実は私は当初、「斎藤一がオダギリジョーってどうかしら」と不遜《ふそん》にも思っていたのだが、いまでは「いいよいいよ、すごくいいよ！」と鼻息が荒い。オダギリジョーは、ぼやんとした役もキレた役もできる役者だったのだな。我が不覚を恥じる（財前五郎風）。

こんなふうに大河ドラマを鑑賞しながら、晩ご飯の後片づけをし、台所のゴミを捨てる。そうしたら骨折中の母が、「ゴミの捨て方が違う！」とうるさく注意してきた。おとなしく座っていればいいものを、折れた腕を振りかざして、あれこれ指導する。大変うっとうしくてかなわない。「振りかざして」というのはあくまで「イメージ映像」で、母はホントは、鼻をつまむことすらできないほどしか腕があがらないのだ。そんな身の上で、ひとに注文をするとはなにごとであろうか。

私は言った。

「萩尾望都《はぎおもと》の漫画に、『感謝知らずの男』ってのがあるけど、お母さんはまさにそれだよ！」

すると母は答えた。

「あら、そんなのがあるの。お母さんまだ読んでない。今度貸して」

がくり。ち……ちがう……。いまの私の発言は、あんたに漫画を紹介しようとしたものでは決してない……。

ちっともこっちの意図を汲《く》もうとしない母に、完敗を喫したのだった。

漫画がらみで先日、漫画愛好仲間のUさんから楽しい遊びを教えてもらった。

漫画のタイトルには、いろいろおかしなものがある。特に「りぼん」系の作品に多いのだが、明らかに「少女漫画タイトルの法則」が感じられるもののことだ。たとえば、『ひかえめレモン』とか『恋色メタモルフォーゼ』とか（これらは、私がいま勝手に考えた。もしも実在していたらすみません）。「それらしい」単語を適当にいろいろ組みあわせてみて、「うん、これだ！」と編集者のオジサンが一人で悦に入って決めたようなタイトル。たしかに「それらしい」んだけど、よく考えてみるとさっぱり意味がわからないタイトル。

Uさんは、漫画目録からそういうタイトルを見つける遊びを考案したのだ。

「で、先日目録を眺めていて、ついに『これは！』というものすごいタイトルを発見しました」

と、Uさんは言った。

「どんなのですか？」

と私は身を乗りだす。Uさんは厳《おごそ》かに告げた。

「『ゆびさきミルクティー』です」

私が爆笑したのは言うまでもない。ゆ、ゆびさきミルクティー！　どういう経緯で「ゆびさき」と「ミルクティー」が合体したのか、皆目見当がつかない。見当がつかないが、無理やりつけると、たぶんこういう話だ。（以下、私の想像する『ゆびさきミルクティー』）

あたし、美晴《みはる》。十五歳。高校受験を控えて、親は勉強しろってうるさいけど、あたしは気にしない。いまは叔父さんの経営する小さな喫茶店で、アルバイトをさせてもらってるの。いろんなお客さんがいて、学校の勉強なんかよりずっと楽しいな。

それに……お客さんのなかに、気になるひとがいるの。木場《きば》くん。どうして名前を知ってるのか、って？　うふ、学生鞄《かばん》の裏に、白のマーカーで書いてあった名前をこっそり見ちゃった。西高の一年生。襟章が赤だから、一年ってわかったの。木場くんはいつも四時に店にやってきて、ミルクティーを注文する。硬派を気取ってるのに、コーヒーじゃなくてミルクティーなんて、ちょっとカ・ワ・イ・イ。

あたしも西高を受けようと思ってるから、そしたら来年から木場くんの後輩か……。ドキドキしちゃう。あたしったらバカみたい。木場くんはもちろん、あたしのこと、ただの喫茶店のバイトとしてしか見てくれてないのにネ。

あんまりキンチョウしちゃって、今日は大失敗をやらかしちゃった。木場くんの席にミルクティーを運ぶ途中で……カップに指をつっこんじゃったの！　きゃ、もうやだ、はずかしー。

思わず「あつッ」って小さな声で叫んだら、木場くん……ガタンッて椅子《いす》から立ちあがって。あたしの指を……ああん、こんなこと書いて、美晴のこと、Hとか思わないでね。あたしの指をね、やさしく、なめてくれたのよ。あーんっ、いま思い出しても顔が真っ赤になっちゃう！

もう心臓、キュンとしちゃった。木場くんはぶっきらぼうに、「気をつけろよ」って言ってくれた……。なんて優しいんだろう。木場くん、ス・キ♡

こんなのだれかに読まれたら、あたし、身のハメツだわ。以上、美晴日記で・し・た。

……絶対にこんな話じゃないな。だれか教えてくれ。「ゆびさきミルクティー」っていかなる状況を指した言葉なんだ。どういう話なのか、今度ぜひ読んでみなければ（実際の『ゆびさきミルクティー』は「ヤングアニマル」掲載の作品のようなので、少女漫画ではないみたいだ）。

「ゆびさきミルクティー」の逸話とともに、この遊びのことを友人ぜんちゃんに話してみた。

ぜんちゃんは、

「いきなり指をなめられたら、ふつうは『ひぃっ、ヘンタイ！』ってなるよ。その『心臓、キュン』は、『ひぃっ』と身がすくんだことを表してるの？」

「もちろん違うわよ。恋のときめきの表現よ！」

「あー、そうなんだー」

ぜんちゃんは納得しかねるようである。「美晴は不整脈ぎみなのかもね」

私の偽造「ゆびさきミルクティー」には賛同を得られなかったものの、ぜんちゃんは「おかしなタイトル」について、いろいろ記憶を探ってくれた。

「恋のときめき、で思ったけど、『ときめきトゥナイト』だって、冷静になってみるとかなりヘンだよね。『ときめき』と『トゥナイト』。強引な結びつきだよ。たぶん、『名詞を二つ重ねあわせる』という技が、『おかしなタイトル』の法則の根底にあると思うな」

「ぜんちゃん、するどい！　たしかに名詞が二つくっつくと、『なんじゃそりゃ』という珍妙さが生まれるわね。『魔天道ソナタ』とか（↑実在します）」

「ふっふっふ、すごいタイトルを思い出したわよ」と、ぜんちゃんがあやしく笑った。「『きもち満月《フルムーン》』（↑実在します）」

「きもちフルムーン！」

私はまたもや爆笑の渦にたたきこまれた。「わかんない！　意味、わかるようでわかんないー！」

みなさんも暇でどうしようもないときはぜひ、楽しいタイトルを探してみてください。

桃色追記。

この本のタイトル、『桃色トワイライト』は、漫画愛好仲間にして実は我が担当編集者であるUさんが考案してくれた。毎日熱心に漫画目録を眺め、週末には滝に打たれ、「『少女漫画タイトルの法則』に準拠した素晴らしいタイトルをもたらしたまえ！」と祈念した結果、Uさんは宇宙を支配する漫画神からの電波をついにキャッチすることができたのだ。

「『桃色トワイライト』ってタイトルにしたらどうでしょう？」

とUさんからメールが来たとき、私は思った。

意味がわからない。でもなんとなくいかがわしくて、なにかが起こりそうな予感。まさに「少女漫画タイトルの法則」を実践し体現している。見事だ、Uさん！

でもこの本は、少女漫画じゃないがな。

猫にまつわる休日

近所の友人Kの家へ行き、昼間から深夜に至るまで、延々と飲酒しつづけた。

冬の寒さが厳しいあいだは、Kも私もあまり外に出ない。自分の部屋に籠《こ》もって、ひたすら漫画を読んでいる。たまに玄関先で、Kが届けてくれた漫画の詰まった紙袋を発見する。しかしK本人の姿は、どこにもないのだ。そっと来て、声もかけずにそっと去っていく。紙袋を前に、私は何度も、「まあ、妖精《ようせい》のようなおひとね、K……」とつぶやいたものだ。

そんな調子だから、近所に住んでいながら、私たちはしばらく会っていなかった。春も深まり、ようやく活動期に入った私たちのあいだには、積もる話が高尾山ぐらいの標高になってそびえたっていた。

久しぶりに酒を酌《く》みかわしたその日、確実に十時間はしゃべりつづけていたと思う。全世界に生息するバクテリアの数に匹敵するほど頻繁に発語し、全世界に生息するペンギンの数に匹敵する回数ぐらい笑った。しかし会話の内容については、ぜんっぜん覚えていない。バイカル湖を干上がらせる勢いで酒を摂取したためだろう。酒盛りの合間に、Kの家で夕ご飯までご馳走《ちそう》になる。うわーい、ヒレカツだー。うまうま。

ちょうどその前日、私と母（腕を骨折中）のあいだで、以下のような会話が交わされていた。

「しをん、お母さんは油っこいものが食べたい」

「え……じゃあ、焼き肉はどう？」（この「焼き肉」の意味するところは、文字どおり「肉」を「焼き」、醤油《しょうゆ》をかけて食す、ということである。つけあわせにキュウリぐらいなら切ってもよい）

「やだ。トンカツ食べたい。トンカツを作ってちょうだい」

「……」（聞こえないふり。揚げ物は油がはねて危険だし、後片づけが面倒だ）

母はしばらく、仕事中の私のまわりをうろついては、「トンカツおいしいよね、トンカツトンカツ」と言っていたが、私が無視を続行していると、いったんは引き下がっていった。しかしホッと安堵《あんど》したのもつかのま、母は夜になって突如、「ロイ○ル○ストに行く！」と家族に号令をかけ、気乗りしない私たちをしり目に、一人で高カロリーの揚げ物の定食を注文した。しかし、あまりお気に召さなかったらしい。

「やっぱり家で揚げたトンカツがいいわ。あんたが揚げてくれりゃいいのに、もう」

と、私に文句を言った。

Kの家で夕ご飯を食べながら、私は胸の内で母に向かって勝利宣言した。散々、ひとの仕事の邪魔をした母よ、見るがいい！　これが人徳というものだ。泰然自若と構えていれば、自《おの》ずから揚げ物はこちらに近寄ってくるのだ……！

私は久方ぶりのおいしい家庭料理、久方ぶりの揚げ物に、そのときばかりは無口になって、食べることに専念したのだった。食後は、K父、K母、K弟くんと一緒に、セブンブリッジをして遊ぶ。ううむ、トランプ遊びができる家族、というのは、いいものだなあ。私の家では、ゲームの類《たぐい》は家族ではいっさいやらない。やると必ず、壮絶な喧嘩《けんか》が巻き起こるからだ。

そんな感じで、酒精とともに楽しく夜は更《ふ》けていったのだが、またしても私の心をとろかしたのは、Kの愛猫《あいびょう》である。なめらかな毛皮を持った美しいこの獣は、やはりどう考えても人語を解している。Kと私が部屋でホ○漫について熱く語りあっていると、彼はどこからともなくやってきて、「にゃ、にゃ」とちゃんと相槌《あいづち》を打つのだ。きみ、こんな会話に参加しなくていいから！　と言い聞かせても、「にゃ」。たまにお酒を舐《な》めたりしつつ、ちゃんと耳をそばだてている。

不思議なのは、この猫はひとがそばにいないと、決してエサを食べようとしないということだ。彼はにゃーにゃーと脚にすり寄ってきて、「エサを食べよう」と誘いをかけてくる。以前は、そばについて背中を撫《な》でてやれば、安心してエサを食べたのだが、今回行ったら、グレードアップしていた。

なんと、キスしてやらないとエサを食べないのだ。

いやはや、Kの一家が、どれだけこの猫を猫っかわいがりしているかがしのばれる。などと言いつつ、私も猫に「にゃん」なんて見上げられると、あまりのかわいさに理性をふっとばして、「ブチューッ」と接吻《せっぷん》をお見舞いしてしまうのだ。すると猫は、エサ皿に顔をつっこんで、キャットフードを一口食べる。そしてまた顔を上げて、「にゃん」とキスを催促するのだ。

おいおい、一口ごとに接吻せにゃならんのか。だいたいあんた、いまキャットフードを食べたばかりの口じゃないの……！　と思いつつも、やっぱりかわいくてブチュー。彼と私の蜜月《みつげつ》は、私が誤って彼の尻尾《しっぽ》を手で踏みつけるまで続いたのであった。

Kの家で飲んだくれた数日後、今度は友人ぜんちゃんとSとともに、横浜のスカイスパに行った。いやいや、遊びにいったのではない。疲れた心身をリフレッシュしにいったのじゃよ。スカイスパは横浜駅前のビルの高層階にあり、気楽に立ち寄って、お風呂《ふろ》に入りながらのんびりできる施設なのだ。

Kの愛猫の奇妙な習慣を、私はぜんちゃんとSに話した。二人とも、猫を飼っていたり、飼った経験があったりするからだ。

「うちの猫も、ひとがついていないとエサを食べないよ」

と、ぜんちゃんは言った。「だから、たまにペットホテルに預けると、痩《や》せて帰ってくる。あの子は少しダイエットしなきゃならないから、ちょうどいいんだけど。飼い猫では、けっこうそういう猫が多いらしいけど、キスまでは聞いたことがないなあ」

ぜんちゃんの家の猫は、ぜんちゃん一家の前には姿を現すのだが、私が遊びにいくと、カーテンの隅やコタツの中に入ってしまって、絶対に出てこない。ぜんちゃんが無理やり引きずりだしてきてくれても、私が模様を認識するよりも早く、ビャーッと泡を食って逃げていってしまうのだ。「幻のような猫」という意をこめて、私はその猫を「ツチノコちゃん」と呼んでいる。

ぜんちゃんいわく、「体型もツチノコそっくりだよ」とのことだが、とにかく私は落ち着いてその猫を見られたためしがないので、よくわからない。ますます伝説めく、ぜんちゃんの家の猫なのだった。

Sの猫は、Sも旦那《だんな》さんも共働きの部屋で飼われていたので、エサは一人（一匹か）で勝手にばくばく食べていたそうである。仕事で飼い主の帰りが遅くなっても、キャットフードの袋を勝手に開けて食べる。なんてたくましい猫なんだ。いまは、Sに子どもができたので、猫は友だちの家で預かってもらっているらしい。しかし、

「少し落ち着いてから迎えにいっても、あいつは絶対に飼い主のことなんて忘れてるにちがいないわ」

とSはちょっとさびしそうに言う。「そういうわけで、うちの猫にキスなんてしようもんなら、ばりばりに引っかかれて終わりだと思うけど……。私、娘のことはベロベロ舐めまわしてるよ。赤ん坊に対して愛情表現しようとすると、どうしても動物的な動作になっちゃうんだよね～。お尻《しり》とかむっちむちでかわいいから、ついつい舐めたくなっちゃうの。娘にヘンな癖でもついちゃったらどうしようと、最近ちょっと不安」

いやあ、大丈夫でしょ、とぜんちゃんと私は笑った。よその赤ちゃんでも、見てるとたまに、ほっぺたに吸いつきたくなるほどかわいいものだ。自分の子だったら遠慮はいらないから、きっと多くの親が、べろべろ舐めながら育児をしてるに違いない。

しかし、赤ん坊のころに尻っぺたを舐められるほどかわいがられていたことを、多くのひとは忘れてしまって、大人の顔して平然と暮らしているのだ。Sの娘も、赤ん坊のころのことなどそのうち忘れて、反抗期になったりするんだろう。

ぜんちゃんとSと私は、眼下に広がる景色を眺めながら風呂に入り、足裏マッサージをしてもらって、仕事に育児にと疲れた体をほぐしたのだった。

ちなみに私はマッサージ師さんに、「胃が疲れてますね。あと、背中の凝りがひどいです」と言われた。はい、まさにそのとおり。足の裏のツボを押しただけで、そんなことまでわかるものなのか。すごいな、と感心する。

足裏マッサージ中には、いつものことだが私の足首があまりに固くて曲がらないので、「あれっ、捻挫《ねんざ》してるんですか!?」と驚かれ、隣でマッサージを受けていたSに「ぶふっ」と笑われたのだった。

子連れ道中ベビーカー栗毛《くりげ》

京都旅行をした。友人Sと、Sの娘のとうふちゃん（仮名・一歳三カ月）と一緒だ。なんで仮名が「とうふちゃん」かというと、とうふちゃんは豆腐が大好きだから。それから、とうふちゃんはすっごく可愛《かわい》いから。もう、まさに天使って感じ？　うっかり本名を書くと、悪いひとじゃなくても、「○○ちゃーん（とうふちゃんの本名）、こっちいらっしゃい。お姉さんがおいしい豆腐をあげましょう」って、豆腐をダシに誘拐したくなるほど可愛い。とうふちゃんは、名前を呼ばれて、豆腐をちらつかせられたら、知らないひとにもよちよちついていっちゃうと思う。よって、犯罪を水際《みずぎわ》で防止する意味もこめ、とうふちゃんという仮名でお伝えするのであった。

私たちは、葵祭《あおいまつり》を見ることを第一の目的に、京都へ行った。しかし私は結局、祭りよりもとうふちゃんに骨抜きにされた。とうふちゃんといると、なんだか世界が輝いて見える。旅で行き会った人々も、とうふちゃんの愛らしさにメロメロ。すごく親切に、バスの座席を譲ってくれたり、道を教えてくれたりと、いろいろ気づかってもらった。ひとの情けが身に染《し》みるなあ。

一般的に、「自分に子どもができると、心が広くなる」とか、「人間がまるくなる」とか言われる。私はそういう無神経な言説は信じていなくて、「もしそれが本当なら、世の中はとっくにもっとよくなってるはずだろ」と思う。しかしたしかに、小さな子をつれていると、「大変でしょう」と、親切にしてくれるひとが多いものだと、はじめて知った。人間の善意を信じたい。そしてこれからは私も、チビッコにもうちょっと優しくしてやるか、と思った。

え、綺麗事《きれいごと》？　そうかもだ（戸田奈○子風）。数日間とうふちゃんと接して、いまは一時的に心が充足しているからな。しかし数日以上、チビッコと一緒にいるのは、気力体力ともになかなか大変だとも思った。とうふちゃんは愛らしいうえに、賢くておとなしい子なので（親バカじゃない、厳然たる事実だ！）、私がお相手したというよりは、とうふちゃんに相手してもらったというほうが正確だが。

最初に駅で顔を合わせたとき、とうふちゃんは明らかに、不信感まるだしの目で私を見ていた。「だれ、このひと。いやだ、こわい」という感じが、表情にありありと出ていた。チビッコに慣れておらず、私もどう対処したものか戸惑う。だがそれも、京都に着いて、お昼の湯豆腐セットの豆腐をあげるまでのことだった。

とうふちゃん、豆腐を爆食。ついでに私もとうふちゃんの中で、「豆腐をくれた。ちょっとは打ち解けてやってもいい」という立場に格上げされる。

とうふちゃんは豆腐のほかには、麺類《めんるい》が好きらしい。冷たいうどんやスパゲティなどを、手づかみでどんどん食べる。そのとき、もう片方の手で必ずスプーンを握っているのがおかしい。どうやら彼女なりに、「食事はスプーンで食べるもの」とちゃんと考えてはいるようだ。

とうふちゃんには、上下あわせて四本ずつぐらいしか歯が生えていないので、麺類もほとんど丸飲みだ。見ていて不安になるほど、つるつるつるつる、際限なく体に入っていく。

「ねえ、こんなに食べて大丈夫なの？」

と、私はSに聞く。さすがにSは、泰然としたものだ。

「大丈夫、大丈夫。いつものことだから」

「でも、おなかだけぽっこり出て、テーブルの上に乗るぐらいになってるよ？」

「大丈夫、大丈夫。すぐウン○になって出るから」

そういうもんなのか、と思って眺めていると、とうふちゃんはちょっとしてから、真っ赤になってうんうんいきみだした。ホントだ！ 体が小さいだけあって、食べ物の体内滞留時間も短い！ おむつ替えに連れていかれるとうふちゃんを、私は不思議な生き物を見る思いで見送ったのだった。

とうふちゃんは、豆腐と麵類の次に、きれいな女のひとが好きだ。京都で会ったSの友人の女性や、ウェイトレスさんには、にこにこ笑いかける。しかし私に対しては、それとは確実に違う種類の笑いを向ける。私の顔を見ると、なぜか「けらけらけら」と笑いを迸《ほとばし》らせるのだ。たぶん、私が妙な擬音を連発してみせたためだろう。「また変な音を出してくれ」という期待の表れだと思いたい。まさか、私の顔がとうふちゃんのお眼鏡にかなわなかったなどと、そんなことはないはずだ……。

一緒に買い物をしたり、強い日差しの下で葵祭を見物したりと、京都を満喫しつくす。

葵祭は、平安時代の装束をつけた人々が牛車《ぎっしゃ》とともに行列するのだが、「平安時代時間」で進む。すごくのんびりしているのだ。馬の機嫌、牛の機嫌に合わせて、列はのろのろ進む。動物は当然、あたりかまわず糞《ふん》をするので、ゴミ袋を持って、糞を拾って歩く係のひともいる（彼らもちゃんと、昔の衣裳《いしょう》を着ている）。

「なんだか愉快だね」

「うん、愉快だ」

と、Sとひそひそ言いあう。とうふちゃんは、暑いし行列には飽きたしでぐずりだしたので、Sはとうふちゃんを背負ってあやしながらの見物だ。汗びっしょりになっている。子育てってなかなか大変な重労働だ、と感銘を受ける。Sとは中学のころから、おバカな話ばっかりして遊んできた仲だが、その彼女が、すごくちゃんと子どもの面倒を見て、躾《しつけ》をしたり可愛がったりしているのだ。これまた、とても不思議な気持ちになったのだった。

後になって、葵祭で馬が暴走したというニュースを知った。近くで見ていたはずなのに、全然騒ぎになっていなかったし、気づかなかった。

「京都では、町中を馬が駆け抜けるなんて普通のことなんだよ」

「『ああ、また早馬が行くよ』ぐらいの反応だったのかもね」

と、決定的瞬間を見逃した悔しさを紛らわせる。

喫茶店に入って休憩していたら、隣のテーブルに観光客らしき外国人カップルが座った。とうふちゃんは、早速にこにこと親愛の情を表明してみせる。言葉はよくわからないが、外国人カップルは「かわいい！」みたいなことをしきりに言っているよう

だ（親バカじゃないってば！）。とうふちゃんがあまりにも、じーっと彼ら（および、彼らの食べているパフェ）を見つめるので、

「およしなさい、いじましい」

と、Sがたしなめる。

そうこうするうちに、女性のほうがすっと立ちあがり、とうふちゃんのほうにやってきた。彼女はにっこり笑いながら、とうふちゃんになにかを差しだす。なにかしら、と思ったら、「I ♡ AUSTRALIA」と書かれた小さなコアラの人形だった。しかも、オーストラリアの国旗つき！「ありがとうございます！　サンキュー！」と深く感謝しつつも、オーストラリア人は不測の事態に備え、常にこういうものを持ち歩いているのか……と驚く。これってたとえば、常にミニ博多《はかた》人形を携帯しているようなものだよな。とにかく、とうふちゃんの愛らしさが、国際親善にも一役買った瞬間であった。

私はそれ以降、コアラ人形を使って、とうふちゃんを相手にエセ腹話術を披露した。

「とうふちゃん、とうふちゃん、こんにちは！　今日はなにして遊ぶ？」

と、脳天から宇宙人ボイスを発すると、とうふちゃんはコアラがしゃべったと思って、すごく喜んでくれる。ふっふっふ、他愛ないのう。

楽しく旅して宿に着くと、もう夕飯の時間だ。宿の大広間でも、とうふちゃんは泊まり客のアイドルになる（親バカ以下略）。結婚するかどうかの瀬戸際っぽいカップルは、「かわいいねえ」などと、遠くからしきりにとうふちゃんをあやしてみせる。

「こういうとき、子どもも好きをお互いに向かってアピールしてるのがわかって、カップルの裏側が透けて見えてくるよね」

と、Sはにやにやした。なるほど、腹黒くも冷静な観察眼だ、と私も同感の意を示す。

「いやしかし、思わずあやしたくなるほど、とうふちゃんが可愛いのも事実だけどね」

と、親じゃないのに親バカぶりを炸裂《さくれつ》させることも忘れなかったが。

夜は畳の部屋に布団《ふとん》を敷いて、三人並んで川の字になって眠る。とうふちゃんを踏みつぶすんじゃないかと、夜中に何度か目を開けて確かめると、おむつをしたとうふちゃんのお尻が、必ず眼前にバーンとあるのだった。だれかのお尻が顔の横にあるなんて、はじめての体験だ。うーん、なぜこの子は布団に対して横向きになって寝てるんだろ。これじゃ川の字じゃなくてH型だわ、と思う。

京都の情景について、文中でほとんど触れられなかった。「世界の中心で、『とうふちゃん、豆腐ばっかりじゃなくてご飯粒も食べなきゃだめ！』を叫ぶ」状態だったので、しかたがない。

チビッコと行く旅は、新鮮でとても楽しかった。

見栄《みえ》のための戦い

あー、この一週間、私はなにをやってたんだろう。さっぱり記憶がない。引っ越しはまだ終わらない。仕事して、バクチクのＤＶＤ見て、映画を二本見たら、七日間が終わったって感じだ。見てばっかり。本当に仕事したんだかどうだか、あやしいものだ。

なんの映画を見たかというと、『トロイ』と『スクール・オブ・ロック』だ。歯に衣着《きぬ》せぬ物言いをすれば、ベクトルは違えどどちらもおバカ映画である。私はもちろん、どっちも非常に楽しんだ。

『スクール・オブ・ロック』は、珍しく弟のほうから、「おい、あの映画見たか？」と声をかけてきたという、いわくつきの作品だ。

「ううん、すっごく見たかったんだけど、まだ見てない。もう公開終了でしょ？」

「まだやってるところあるぞ。見ろ」

「あんたは見たの？　どうだった？」

「好きな映画だったが、就職活動もしてない俺としては、自分の行く末を見るようで、少し複雑な気持ちになったな」

『スクール・オブ・ロック』は、中年ロッカーが、自分を教師だと偽って小学校にもぐりこみ、生徒たちとバンドを結成する、というお話なのだ。あらすじだけは知っていた私は、首をかしげた。

「あんたはべつに、ロックミュージシャンを目指してないじゃん」

「『いい年して無職』という点において、他人事《ひとごと》じゃなかったんだ。だがまあ、ブタさん（と弟は私を呼ぶ）も見ろ。おまえも絶対に好きな映画だと思うぞ」

そんなわけで、一人でのこのこと映画館に行ってみたのだが、上映時間が合わなかった。しょうがないからその日は『トロイ』を見て帰った。

「どうだった」

と弟に聞かれて、

「いやあ、今日は『トロイ』にしちゃったよ。ショーン・ビーンが出てるしさ」

と答えたら、

「アホかおまえは！　なんであんなク○のような映画を見るんだ！　いいから『スク

ール・オブ・ロック』を見てこい。見るまで帰ってくんな！」

と怒られた。

まあ、「ク○のよう」だなんて、ひどいわ。『トロイ』はステキな映画だった。なにがステキって、登場する男たちの肉体。筋肉！　太もも！　筋肉！　って感じ。いいなあ、ギリシャ時代は。ほとんど裸が基本だもの。つんつるてんの鎧《よろい》を取ったら、もう真っ裸。普段着もカーテンをまとったようなもんだし。

『トロイ』には、「愛のための戦い」みたいなキャッチコピーがついているが、それは嘘《うそ》だ。出てくるのはけっこう安い愛で、「おいおい、それでいいのか」と言いたくなる。

私は『トロイ』を、男たちの肉体自慢を鑑賞する映画、ととらえた。だってストーリーはもうわかりきっているのだから、見どころといったらそれぐらいしかないだろう。

「ヘクトル（エリック・バナ）、アキレス（ブラピ）との決闘に応じちゃダメー！」とか、「トロイのみなさん、その木馬を城内に入れちゃダメー！」とか、いくら気を揉《も》んでも、そのように話は進むのである。木馬をえっさえっさと引っ張って城に運び入れたトロイ人たちは、いったいぜんたいどうして、「なんか妙に重くないか、これ」

と思わなかったのだろうか。不思議でならない。

驚きの展開というものは特になく、ひたすら麗《うるわ》しい男たちを満喫する三時間弱であった。そういえば、アキレスが×××を矢で射られるシーンでは(一応、彼の急所がどこなのかは伏せ字にしてみた。彼の名がすべてを物語ってしまってるが)、ブラピファンらしきおばちゃんたちがシクシク泣いていた。それが、『トロイ』鑑賞で私が一番驚いたことだったと言えるかもしれない。

次はぜひ、オデッセウス役のショーン・ビーン主演で、『オデュッセイア』を映画化してほしい。きわめて順当ではないかと個人的には思うのだが、無理かな。無理だろうな。

『スクール・オブ・ロック』よりも『トロイ』を選んだ時点で、なんとなく、「友情よりも男を選ぶ女」のレッテルを自分に貼《は》ってしまったような気がする。汚名を返上すべく、間を置かずに今度こそ『スクール・オブ・ロック』を見にいくことにした。

冴《さ》えないロッカー(ややデブ)が、優等生な子どもたちに音楽の楽しさを伝授し、周囲の人々も徐々にいい方向に変わっていく……という、笑いに満ちた映画。主演のジャック・ブラックと、バンドに目覚めていく小学生たちの演技がいい。ジャック・ブラックはもう、画面に存在するだけで笑える。

この作品も予想通りの展開を見せるので、驚きは少ないのだが、私はちびっと泣いてしまった。「好きなものに一生懸命っていいよなあ」、「ロケンロールって、バンドって、こういうもんだよなあ」と思ったら、涙腺《るいせん》がゆるんでしまったのだ。グシッ。そんな自分に驚いた。ブラピファンのおばちゃんたちを笑えないや。

ところで、この「映画鑑賞記」を書いている最中に、友人Hから電話があった。華麗なる男たちの筋肉や、ジャック・ブラック氏の贅肉《ぜいにく》については、ひとまず脳の片隅に押しやり、この機を幸いとHに引っ越し関係の悩みを相談してみた。

「あのね、百円ショップでコップとかお椀《わん》とかを買うわけなんだけど、そのときに私、いつも迷うの。つまり、何個買ったらいいか、という問題よ。だれが来るわけでもなし、コップもお椀も各一個ずつあればいいわけ。だけど、それもさびしいような気がして、妙な意地を張って二個ずつカゴに入れる。しかしレジのひとに、『彼氏が部屋に来るからって準備してやがるな』と思われちゃうかな、勝手にそんないかがわしい想像をされるのも業腹《ごうはら》だなという思いも捨てきれず、しょうがなくて三個ずつ買っちゃったりするのよ！　どうしたらいい？」

「いきなり三人家族になるつもりなの？　各一個買えばいいんだよ」

とHは言った。「客なんて、だいたいは友だちが何人かで来るって形になるんだから、自分のコップだけは買っておいて、あとは紙コップかなんかで済ませればいいよ」

「そっかー」

と、私は霧が晴れたような思いがした。「じゃあ、彼が訪ねてきてくれたときは、私のコップを彼に使ってもらって、私は紙コップでお茶を飲むことにするね。この清貧さともてなしの心が、彼に伝わるといいんだけど」

「うん……。けなげな気遣いでいいと思うが、そんな相手がいるの？」

おらん。しかし、「常に脳内で備えよ」の精神が大事なのだ。

Hは、結婚祝いで食器などをいろいろもらい、夫婦二人暮らしなのにティーカップが十二客もあるのだそうだ。そのうえこのあいだ、京都で骨董《こっとう》の素敵な器を購入したらしい。

「まあ、アリスのティーパーティーが開けるわね」

「カップはたくさんあるけど、先日買った素敵な器は一個なのよ？」

「大丈夫！」

と、私は請けあった。「その器に盛った料理は、みんなでまわし食いすればいいのよ」

「絆《きずな》を固める、みたいな？」

「そうそう。そんで、食べ終わったら床に叩《たた》きつけて割る」

「やだよ！　せっかく買ってきたのに！」

「そうだ、カップもさあ」

私はＨの返答に耳をふさぎ、自分の思いつきを夢中でしゃべる。「十二客もあって困るってことだったら、出すのは一客にしてさ。それをみんなでまわし飲みして、飲み終わったら床に叩きつけて割る。この方法なら、パーティーを十二回やった時点で、カップは一個もなくなるよ。よかったネ」

「せっかくいただいたものなのに！　断る！」

いい案だと思うんだけど。『トロイ』でギリシャ人たちも、乾杯した後にカップを割ってたぞ。たぶん。違ったかな（見たばかりなのに、すでに記憶が曖昧《あいまい》）。それはローマ人の風習だったかな。それともヤクザ映画？

とにかく私は、目と目を見交わしてグイッと酒を飲んだ後に、床で盃《さかずき》を割るってのを、実際に一回やってみたいのだ。割ってその後、どこの戦場へ赴くわけでもないけれど。「あ、ごめん。ツマミ切れてたわ」って、近所のスーパーへ買い物に行くぐらいだと思うけれど。

竜虎《りゅうこ》相打つゴミ置き場の戦い

近所では、持ちまわりでゴミ置き場にネットを張る当番がある。カラスや野良猫《のらねこ》にゴミ置き場を荒らされる被害が相次いだため、当番の者はゴミの日に早起きして、防御網を設置することになったのだ。

今月は、うちが当番だった。母は骨折した腕がまだ思い通りには動かないので、傘を差さねばならない雨の日や、徹夜して朝を迎えた日には、私が網係になる。

その朝は雨だったので、私は眠い目をしばたたかせながら、網を抱えて家を出た。三日ぐらい風呂《ふろ》に入ってなくて、顔はむくんで、ボロいTシャツとボロいスエットのズボンで、足もとは健康サンダルという、まあ、いつもどおりの恰好《かっこう》だった。どうせ早朝、だれも起きてやしないだろうからいいか、と思っていた。

しかしもちろん、そうは問屋が卸さなかったのであった。

網を釘《くぎ》に引っかけ、ゴミ置き場を覆《おお》う形になるように作業しているところへ、赤い傘を差したうら若き女性がゴミ袋を持ってやってきたのだ。私は半分も開いていない目で、近づいてくる彼女をチラッと見、「あらまあ、すごく綺麗《きれい》な子だわ」と思った。

　これから早めに出社、という感じの彼女は、お化粧もすでに万全な状態だったが、それ以上に、元の顔がとても華やかで整っていることがうかがえた。お肌はツルツル、お目々はぱっちり、睫毛《まつげ》はくるんくるん。とにかく愛らしく美しい。もし私がこういう顔立ちに生まれていたら、男たちから無用の愛を捧《ささ》げられちゃってどれだけ辟易《へきえき》しようとも、おつりが来るほど幸せな日々を送れることだろうにな、と思える美貌《びぼう》だった。

　ま、愛に無縁な人間のひがみなんだが。いやいや、正確に言うと、ひがみなどという感情すらも咄嗟《とっさ》には湧《わ》き起こらないほど、彼女はかなりのカワイコちゃんなのだ。

　彼女のことは、前から噂《うわさ》にだけは聞いていた。裏の家に住んでる子、すごく綺麗なのよ！　と、母が興奮気味に語っていたことがあったからだ。パコパコというミュールの足音だけなら、私も窓越しに聞いたことがあったが、実際に顔を見て、「ははぁん、この子が噂の女の子だな」とすぐにわかった。

　私はちょっとドキドキしながら、彼女との距離を測った。どのぐらいまで接近したときに、朝の挨拶《あいさつ》を交わすべきか……。

ところがところが、彼女は作業を続ける私をすっぱりと無視し、網をちょいとたぐってゴミ袋を置いたのだ。まつげのカールが見えるほどの至近距離である。いることに気づかなかったなどということが、あるはずもない。それにもかかわらず、私の存在は空気以下の扱いだった。私は「ガビーン」と思った。目を合わせて少し会釈《えしゃく》するぐらいはしたっていいのに！

ゴミ置き場の網を出しているのは、近所の住人以外にありえない。私の感覚からすれば、網張りに精を出す付近住民に行き会ったら、「おつとめご苦労さんです」の意もこめて、自分のほうから声を発するのが当然だと思える。それなのに、挨拶もなしとはどういう料簡《りょうけん》だろうか。

こっちもさすがに意地になって、「おまえが挨拶するまでは、俺も声など決してかけぬ」というオーラを放出してみた。アントワネット様とデュ・バリー夫人の攻防atゴミ置き場前って感じだった。どっちがアントワネット様で、どっちがデュ・バリー夫人なのかしら？

それはともかく、彼女は悠然とゴミ袋の置き位置を直してみたりした後、悠然と私を無視したまま、悠然と赤い傘を差して歩み去っていったのだった。

ちぇぇい、若さと美貌があれば世を渡っていけると思うなよこのジャリたれが

……！（どうやらあたしがデュ・バリー夫人の立場みたいだ）

Tシャツの裾《すそ》を嚙《か》み切る勢いで悔しがる負け犬が、雨に濡《ぬ》れそぼって取り残されたのは言うまでもない。

すっごく屈辱を覚え、腹が立ってしょうがなかったから、弟に「これこれこういうことがあったんだよ！　どう思う？」とまくしたてた。

「プライドが邪魔して、彼女の家の郵便ポストに犬のクソを投げこむとか、そういう姑息《こそく》な報復手段に出られない自分が歯がゆいよ、あたしは！」

弟は憤《いきどお》る私を、「あほかおまえは」という冷たい目で眺めた。

「あのさ……ブタさん、その恰好で外に出たわけだろ？　俺だって、そんなおまえに挨拶なんかしたくねえよ。『コレはいないものと見なそう』と思った彼女の気持ちがわかるね」

「んまあああ、すぐにちょっとかわいい子の味方をするんだから！　いやだいやだ！」（ちょっとどころじゃなくかわいかったが、悔しいので「ちょっと」に降格）

「裏の家の住人の顔なんて知らねえよ。かわいいからどうこうという問題の前に、おまえはもっと人間として基本的な部分を気にしろ」

あたしの気持ちなんて、あんたにはわからないんだ。

「俺、卒業したら仙人になることに決めた」

「あ、そう。仙人ってのはなにをするもんなの？」

「すごくヒゲを伸ばす。チン○が隠れるぐらいに」

「チン○を隠してどうすんの？」

「べつに。それで終わりだ。そこまでヒゲを伸ばすのにはかなり時間がかかるからな」

とか言ってるようなアンポンタンに、あたしの悲哀と憤激なんて伝わりゃしないんだ……！

「くそぅ、あのこわっぱめ。美しければすべてが許されると思ったら大間違いだわよ！」

私がそう歯ぎしりすると、弟はにやにやした。「なに笑ってんのよ。『許されるだろ』とか思ってんでしょ」

「べつに」

お得意の文句を残し、弟はさっさとどこかへ行ってしまった。

私も本当はわかっている。美しければ、許されるのだ。だって現に私は、「まあ、しょうがないよね……。だってあの子、本当に綺麗だったもの」と、心のどこかで彼女の不遜《ふそん》と傲岸《ごうがん》を許している。私の悲憤も、彼女の態度に対してというよりは、「美はすべてを超越して存在する」という冷徹なる真実に対するものなのだ（そんなことをクダクダ言うなら、自分から挨拶しておけばよかっただろ、という考え方もある。しかしそれは、美というものに不感症に過ぎる意見ではあるまいか。もしこちらから声をかけてなお、彼女に無視を続行されたら？　おお、我が胸は張り裂けてしまうことであろうよ……！）。

たとえば、どんなに金をもうけたとしても、どんなに地位を高めたとしても、「美」の輝きの威力の前にはすべてが無力だ。それはつまり、努力の無力を突きつけられるということだ。ものすごくおおげさに言えば、「美しさ」という傲慢に対峙《たいじ》するたび、私は生きてることの根本的なむなしさに直面させられる。ゴミ置き場の前でいくらむなしがっても、いまいちさまにならないけれど。

デュ・バリー夫人は、一時はアントワネットのほうから挨拶されてご満悦になったが、結局最後はベルサイユ宮殿を追われてしまった。私は永遠に、彼女からの挨拶を勝ち取れないままだろう。なぜなら、引っ越しがようやく終わりに近づいたので、家を出て新しい部屋に移ってしまったからだ。おお、一時の栄光すら味わえず、ベルサイユ宮殿（？）から敗退せねばならないとは。無念なり……！

しかし一人暮らしは気楽である。思う存分ごろごろできるし、好きなだけ酒をかっくらえるし、「おまえが入ると風呂の水が一気に減るよな」とか言われないし。いまのところ、さびしさはない。ついでに言うとテレビもない。案外、それで暮らしていける。本を読みながら黙々とご飯を食べている。気がつくと、いつもご飯を食べている。どうも作りすぎちゃうのだ。

一人分を作るのって難しいんだなとわかった。野菜も肉も、家族用の分量がパックされていて持てあましてしまう。しょうがないから、一人で鍋《なべ》をして野菜を大量に食べた。なおも余るキャベツと長ネギは、明日あたり一人でお好み焼きパーティーをして食べようと思う。挽肉《ひきにく》入りのカレーも鍋いっぱいに作ってしまい、それでも残った分の肉は、ハンバーグのタネにして冷凍庫にストックした。

食材の残り分をどう活用するかあれこれ考えて、ほかのことをせずに家事だけやってるのは、一週間ぐらいだったらけっこう楽しいもんだなと思った。

まだ本は移せていない。それなのになぜか、部屋では早くも本が小山を形成しつつある。本ってキノコの一種かなんかだろうか。胞子とか飛ばしてるんだろうか。

ずっとおつきあいのある相手だが、私には彼らの生態が未《いま》だによくわからない。

火宅のひと

友人ぜんちゃんと会ったときに、「一人暮らしの怖い話」を聞いた。

ぜんちゃんの彼は一人暮らしをしているのだが、ある日、「冷蔵庫に入れておいたネギに、変なものが生えたんですけど……」と、すごく神妙な顔で言ってきたそうだ（このカップルはなぜか、彼氏のほうがぜんちゃんに丁寧語を使っていて、それが私には前から謎《なぞ》である。二人きりのときは違うのかしら？）。

ぜんちゃんは、「カビ？」と聞いた。すると彼は、「いや、カビなのかなあ。わかりません。すっごく巨大な丸いもんが生えてきたんです」と言う。ぜんちゃんは会社の昼休みにネットで「ネギ」を検索にかけ、ある画像を彼に見せてみた。

「あなたのネギに生えたのって、これじゃない？」

「そうそう、これですよ！」

ネギ坊主《ぼうず》である。私はいろいろ驚いた。

「なにそれ！　冷蔵庫に入れておいたのに、ネギ坊主が生えたの！」

「そうなのよ〜」

と、ぜんちゃん。

「彼はいままでネギ坊主を見たことなかったの！」

「そうみたいね〜」

と、ぜんちゃん。

たしかに、ネギにネギ坊主ができることを知らなかったら、「なんだこの変なものは」と思うのも無理はない。しかし、冷蔵庫内でネギ坊主を生成できるとは……。

「ぜんちゃんの彼の家の冷蔵庫は、本当に冷蔵庫なのかな。ビニールハウスみたいに野菜が育っちゃってるけど」

「ネギの生命力はすごいものがあるよね」

とぜんちゃんは言った。

私はさっそく、ネギの根っこを小さなガラスのコップに入れて、水生栽培を試みることにした。そこからワサワサとネギが生えてくれることを願い、液体肥料もちょっと水に加える。うっしっし。これでもう、ネギを買わなくても好きなときに食べられるのだ。早く生えてこないかな。

なにしろ、一緒に住む相棒といえば植物しかいないので、私は毎日、観葉植物と盆栽に水をやりながら話しかけている。おかげさまで、葉っぱはいよいよさかんに繁《しげ》り、うちの植物は元気はつらつである。そこにネギの根っこも加わった。次はジャガイモも自家栽培したいともくろんでいる。

私はいつも、ツモリチサトの服や小物を見ては、「かわいいー。でも高いー。自分で作ろうかな」と言って、ぜんちゃんを呆《あき》れさせているのだが（そして実際に作ったためしがないのだが）、「自分で作ろう」病がついに野菜にまで及んでしまったようだ。

収穫の日を無事迎えられたら、報告する。

ぜんちゃんと会った日、私はぜんちゃんと会う予定の時間に目が覚めた。時計を見てびっくりした。家のなかに自分以外のひとの気配がないと、いつまでも寝てしまうものなんだな。慌《あわ》てて服を着替え、顔を洗って部屋を出る。当然、化粧はしていない。その姿で有楽町まで行こうってんだから、恥も外聞もない。

寛容なぜんちゃんは、なんとか時間を潰《つぶ》して待っていてくれた。私は、

「遅れてごめんね！　そして、こんな顔で来ちゃってごめんね！」

と謝った。ぜんちゃんは鷹揚《おうよう》に、

「顔がどうこうってのは問題じゃないから」

と言った。「だってさあ、私たち中学生のときから友だちなんだよ？　スッピンなんて見飽きるほど見て知ってるから、いまさら気にしないよ」

そういえばそうだな、と私は思った。

「中学のころより、ずいぶん（輪郭が）丸くなって、さらに肌も衰えてるんだけど、それでもいい？」

と私は確認を取った。「私は自分の顔が見えないからいいけど、私の顔を見ながら隣を歩かなきゃならないのは、ぜんちゃんなんだよ？」

「……どっかの店のトイレで、ファンデーションだけは塗ったら？」

と、ぜんちゃんは言ったのであった。

さて、一人で暮らしていると、全然しゃべらないものなんだな、ということがよくわかってきた。植物に話しかけるといっても、相手は物を言わないから、会話もせいぜい、「おはよう！　今日も元気かな？　さあ、いっぱい水をあげるよ！」ぐらいだ。

先日、夜に友人あんちゃんから電話がかかってきた。

「遅くにごめんなさい。いま大丈夫？」

と言うから、

「あー、もう全然大丈夫！」

と答えた。「口が錆《さ》びつくところだったのよ。今日、私がひとと言葉を交わしたのって、スーパーで買い物しててぶつかっちゃったおばちゃんと、『あ、ごめんなさい』『いえ』だけだったんだもん！」

「それは……さびしいね。『お口にチャック』って感じだね」

「うん。あとは部屋のなかに籠《こ》もって、ひたすら一人で黙って仕事してるよ」

「ひとりごととか言わないの？」

「自分ではわかんないけど、たぶん言っていないと思う。料理してて油がはねて、『アチッ』って言ったぐらいかな」

「……さびしいね」

「うん……」

テレビも新聞もないので、情報と隔絶されている。そろそろ言語を忘れそうである。そんな窮状を見るに見かねて、あんちゃんが今度、遊びにきてくれることになった。

「それはもちろん大歓迎なんだけど、漫画もまだ運びきれていないから、うちにある娯楽といったら、パソコンで見るバクチクのDVDぐらいだよ？」

「いいですよ！　一晩中、バクチクのDVDを見せてくださいよ！」

あんちゃんは、私のあまりの暮らしぶりに「ぷくく」と泣き笑いしながら、力強く請けあってくれたのだった。

私は今日、(バクチクの)ビデオを見るためだけに、家族の住む家(本宅)に戻った。着ないのに火宅(一人で暮らしてる部屋のこと)に持ってきてしまった洋服をゴミ袋に詰め、それをサンタクロースのように担《かつ》いで坂を上る。

昼間っから本宅の居間でビデオを見てにやついていたら、弟が起きてきて、「なんでおまえ、またここにいるんだよ!」と怒る。バスケットで腰をいため、腰痛《ようつう》ベルトをしてるくせに生意気である。

「ちょっとテレビを借りるぐらいいいじゃない」

「おまえがいなくなって、ようやく静かで平和な暮らしを満喫していたというのに……」

「どうでもいいけど、腰、まだ治んないの? 腰は男の命だよ」

すると母が、「女だって腰は大事よ」と言ったので、「腰は男女の命だよ」と言い直した。弟は当然、私たちの発言などきれいに無視する。しょうがないから、

「じゃ、帰ろうかな」

と立ち上がる。「帰るよ。いいの? 引きとめなくていいの?」

「早く帰れ」

弟はそう言って、ちらりと私を見た。そして、着る洋服を新たに詰めたゴミ袋を背負った私の姿に、しばし絶句していた。

「聞くのが怖いけど……おまえ、その恰好《かっこう》で来たのか？」

「いいじゃん、近所なんだから。サンタクロースみたいでしょ」

「どっちかっていうと、ホームレスみたいだ」

弟も母も、結局引きとめてくれなかったので、私は昼下がりの坂をゴミ袋を担いで下っていった。なるほど、「家なき子」だな、と思った。

ちなみに夕飯は出前の鴨南蛮《かもなんばん》

ついに火宅にテレビが導入された。友人Hが、使っていないテレビを送ってくれたのだ。

うわーい、と早速プラグをコンセントにさし、スイッチオン。……映らない。段ボールに、なんかもう一本コードが入っている。そうか、テレビってコンセントにさしただけでは映らないんだな。

もう一本のコードをテレビの裏側にさしこみ、しかしさしこんだはいいが、このコードのもう一方の端はどこへつなげればいいのかな、と思う。私の住んでるアパート、ケーブルテレビに加入してるのだ。……駄目じゃん。このコードじゃ、ケーブルにつなげないじゃん。さらに言うと、ケーブルの接続口があるのは、私がテレビを置こうとしてるのとは別の部屋なのだ。

しょうがないから、コードを持って窓辺に立つ。そうしたらテレビ画面に、砂嵐《すなあらし》の彼方《かなた》で放送中の『笑っていいとも！』が映った。おお、どれがタモリなのか判別できないけど、とにかく人影は見える。気をよくして、チャンネルを変えてみる。他の局はすべて、砂に埋もれた遺跡であった。

結論。フジテレビだけは少し映るけれど、すごく目に悪そうだし、コードを持って窓辺に立ってなきゃいけないしで面倒なので、テレビは見ないことにする。

まあいいか、バクチクのビデオは見られるし（テレビデオなのだ）。と、テレビのことはさっさと諦《あきら》め、もぐもぐとご飯を食べる。だが次の瞬間、私はカチャリと箸《はし》を置いた。

このままじゃ、いつまでたっても大河ドラマ『新選組！』を見られない！

私がいま、すっごく楽しみにしているドラマは、『新選組！』をおいて他にない。それなのにもう三週間ぐらい見ていないじゃないか。今週はいよいよ芹沢鴨《せりざわかも》暗殺。ここを見逃してはならじ！

というわけで、私は今日、本宅に帰って夕飯のご相伴にあずかりながら、『新選組！』を見てきた。そして満足して、いま火宅に戻ってきたところだ。こういうのって、「一人暮らし」って言っていいのかな……。

鴨暗殺のためにのこのこ帰った私を見た母の第一声は、

「あんた、太ったんじゃないの？」

だった。ぎゃふん。毎日毎日、自分好みの味つけの飯をたらふく食べているからな。

「体重計を買ってないの？」

「買うわけないじゃん、そんな忌《い》まわしい物。武士は武士らしく、泰然自若と太るに任せる！」

鴨（佐藤浩市《こういち》）を見習い、唇の端をあげてニヒルに笑っておいた。

私の友人のあいだでも、『新選組！』は大人気だ。友人Hの家で開かれた「アリスのティーパーティー」に、私はこのあいだ参加してきた。その日は宝塚を観劇していたので、夜になってからHの家にお邪魔する。他の参加者（S・Sの娘とうふちゃん・ぜんちゃん・Tちゃん）は、昼過ぎぐらいから集っていたらしい。私が到着したときには、すでに「アリスのティーパーティー」ではなく、単なる「乱痴気騒ぎを繰り広げる宴《うたげ》」と化していた。

手づかみでワイルドにスパゲティを食べてるとうふちゃん、なんかわかんないけど盛りあがってる友人たち、そして、台所で洗い物と新たな料理の作製に精を出している、Hの夫のえなりさん(仮名・えなり○ずきに似てるから)。

なんなんだ、この集いは。と思いつつも、私もさっそくえなりさんに、「ビールください！」と言ったのであった。

宝塚がいかにまばゆかったか、みんなに（もちろん実演つきで）熱く報告し、ビールで喉《のど》を湿らせて一息つく。そのうちに話題は「『新選組！』について」になった。ちょうどテレビで、「次回の『新選組！』は、いよいよ芹沢鴨暗殺だよ。お楽しみにね！」みたいな番組宣伝が流れていたのだ。

「きゃー！　鴨ー！　ていうか、浩市ー！」

と、Hが頬を上気させる。Hは、佐藤浩市との京都不倫旅行を勝手に妄想するほど、浩市にお熱なのだ（ちょっとCM：詳しくは、『乙女なげやり』をお読みください）。

「いよいよ鴨暗殺か」

「ということは、次は山南敬助《やまなみけいすけ》の脱走・切腹……」

「きたきたきたー！　いいねえ、楽しみだよ！」

私たちは俄然《がぜん》色めきたつ。なんで女子は、新選組を好きなんだろう。あと、三国志。私のまわりのほとんどの女性が、中高生のころにこの二つを通過している気がする。特に女子校出身者。なぜだ。おなごをおなごだけの世界に放りこんでおくと、「男子の熱き群像劇」に勝手に命の炎を燃焼させてしまうのは、なぜなんだ。

私は、「きゃぴー、浩市。京都の似合う男！」とか言ってるHに、冷たい視線を送った。

「そんなにいいかねえ、佐藤浩市。そりゃ、この鴨はバッチリ似合ってると思うけどさ」

「なによ、じゃああんたは『新選組！』のなかでだれが好きなのよ」

「オダギリジョー（斎藤一）に決まってるじゃない！」

居合わせた者みんなが、「えぇー」とか「あぁー」とか、「それには納得できないけど、あんたの好みだということは納得できる」という感じの声を出した。

「斎藤一って、無駄に長生きだったひとだよね」

と、Sが言う。「無駄に」って、失敬だな。

「そこがいいんじゃない！」

と私は言った。「新選組が活動したのなんて、ほんの数年でしょ。その後の長い時間を、彼はいったいどんなことを思いながら生きたんだろうと想像させる、魅力的な人物よ。オダギリジョーの斎藤一は、かなり私の理想に近い斎藤像を作りだしてるよ！」

「オダギリジョーのどういうところが好きなの？」

と、Tちゃんが穏やかに尋ねた。

「え……」

私はちょっと口ごもる。「顔の皮膚が薄い感じなところ」

顔かい！ と、居合わせた者みんなが心でツッコミを入れたのがわかった。

「あー、それでいくと、たしかに佐藤浩市は皮膚が厚いよね」

と、ぜんちゃんが言った。

「でしょ？ なんか脂《あぶら》ぎってるし」と私。

「脂ぎってなどいない！ あれはにじみでたフェロモンよ！」とH。

私たちは、今回の大河ドラマがいかにおもしろいか、ということを熱く語りあった。

「ずっと見てたら、キャストがどれもドンピシャリだと思えてきたよ」

「そうそうそう！ 特に源《げん》さんと山南さん。脳内人物像がそのまま生身の人間になった感じ」

「私は山本太郎の原田左之助がすごく好きー」

と、Tちゃん。わかる！ 私も今週の鴨暗殺時における、左之助と山南さんにちょっとときめいた。山南さんって、オトメ心（ていうかオタク心）をくすぐるキャラだよな。『新選組！』においては、左之助とでもいいし、斎藤一とでもいいし、もちろん土方《ひじかた》や近藤君と、という選択肢もあるし……って、いったいなんの選択肢だ。

ほそれはおいといて、みんなが一様に、「でも彼はちょっとね」「うん、ちょっと……」と言った人物がいる。香取慎吾《しんご》（近藤勇）だ。主役じゃん！

「つまりさ、香取慎吾の演じかただと、新選組の人々がどうして近藤勇にそこまで尽くすのかというのが、どうもよくわからないんだよ」

「もうちょっと腹黒さがあるか、朴訥《ぼくとつ》ながらカリスマ的魅力があるか、どっちかに徹底すべきだと思うんだけど。朴訥天真爛漫《らんまん》系で攻めてるんだろうけど、多摩の田舎者って感じにしては、ちょっと顔立ちが端正すぎるのがいけないのかしら」

とTちゃんは言った。

「そこだよ！」

とHも言った。「香取慎吾じゃかっこよすぎたんだと思うな。いっそ、もっと風采《ふうさい》のあがらないひとにすべきだったんじゃない」

しかし風采のあがらない主役では、視聴率が……！　苦悩の大河ドラマなのであった。

それにしてもなぜ、「アリスのティーパーティー」でここまで『新選組！』についてあれこれ考える必要があったのか。やっぱりこれ、「ティーパーティー」じゃないよ！　「武家諸法度《はっと》制定会議」に近いよ！

それぞれのこだわり

たまに本宅に戻っては、落ち葉を掃いたり、水回りをピカピカに磨いたりして時間を過ごす。掃いたり磨いたりしてる場合か？　と思うが、気になりだすと際限がないのが、落ち葉と水回りなのだ。

先日、「水回りの頑固な汚れには、ミカンの汁が効く」と祖母に教えられた。ちょうどかすかすになってしまったデコポンがあったので、無理やり搾《しぼ》って汁をシンクに振りまいておく。三十分後、期待に満ちて金ダワシで擦《こす》ってみるが、汚れはちっとも取れない。すごくがっかりした。

だが考えてみれば、キッチンハ○ター以上に強力な「汚れ落とし効果」が、食べ物であるデコポンに備わっているわけがないのだ。そうか、祖母の感覚からすると、「強力な酸＝ミカンで決まり！」なんだな……。「水回りの汚れが落ちる」と聞くと、私はどうも冷静さを失って、ついなんでも試してしまう。そのうち、ドイツ製の高い洗剤とか買っちゃいそうだ。

いや、水回りはまだいい。範囲は家の中だけだからだ。日々、ちょっとずつ擦っていれば、いつかは美しい光沢を宿す。

問題は落ち葉だ。あいつらは、掃いてるそばから次々に舞い降りてくる。しかも、ちっともじっとしていない。風に吹かれて好き勝手に動きまわる。ビニール袋が倒れ、せっかく集めた落ち葉が一斉に乱舞したとき、私はちょびっと泣いた。地蔵菩薩《ぼさつ》よ、我を救いたまえ……！　賽《さい》の河原の石積み状態である。

たいがい、一時間弱ぐらい掃いてようやく、「このペースでは、どうしたって全部を集めきることは不可能だわ」と悟る。広大無辺なこの世界には、いったい何億枚の落ち葉が落ちているんだろう。結局、家の前しか掃除できない。道路掃除の人が、巨大な掃除機みたいなもので落ち葉を吸い取っているのを見かけるが、私もあれが欲しい。こうしているあいだにも、あいつらがカサリカサリと降り積もっているかと思うと、いてもたってもいられない気分である。

どうして水回りと落ち葉にだけ、こんなにムキになってしまうのか。自分の部屋は壮絶に汚くても平気なくせに。ポイントは、「微妙な公共性」にあるんじゃないかと思う。

「あんまり大人数が使うのでも、あんまり少人数が使うのでもない場所」が汚いと、私は辛抱たまらなくなって掃除してしまうようだ。もちろん、使用者の中に自分自身も含まれることが大前提である。

思い起こせば、学校の掃除当番。教室掃除が割り当てられたときは、「面倒くさいな」と思いながら、手順どおりに淡々とこなしていた。しかし、便所掃除のときは違った。綺麗《きれい》に磨きたてないと、なんだかむずむずするのだ。便所掃除をさぼったり、すごく気のない様子でサン○ールもつけずにスポンジで便器を撫《な》でるだけの者がいたりすると、胸の内でほとんど殺意を覚えたほどだ。だが、協調を乱すのはよくないかと思い、便所掃除への熱意をグッと押し隠した。苦しかった。最後はやっぱり、「なにかの修行か？」というぐらい熱心に、便器を磨いてしまったものだ。

同じ便所でも、全校生徒が使用する可能性のある体育館や図書館の便所には、そこまでの熱意は傾けられなかった。

以上の経験から、どの程度が「使用者が少人数」で、どの程度が「使用者が大人数」と自分の中で認識されるのか、割り出してみる。全校生徒が九百人ぐらいいて、教室は五十人ほどが使っていた。十八分の一の割合だ。体育館や図書館の便所は、九百分の九百で百パーセントと考える。さて問題の、「抑えても抑えても熱意が迸《ほとばし》りでてしまった」便所は……。各階ごとにある生徒用の便所で、九百人のうちのだいたい百五十人が使用していた。ふうむ、六分の一の割合か。

結果。

分母を構成する者の中で、十八分の一にあたる者が使用する場所……使用者が少なすぎて掃除の熱意が生まれない。

分母を構成するほぼ全員、もしくは不特定多数の者が使用する場所……使用者が多すぎて掃除の熱意が生まれない。

分母を構成する者の中で、六分の一にあたる者が使用する場所……俄然《がぜん》色めき立って掃除する。

なるほど、なるほど、と私は一人うなずく。自分の部屋は、自分しか使わない。一分の一だ。つまり、「分母を構成する全員」が使用していることになる。使用者が多すぎて、掃除の熱意が生まれないんだなあ。じゃあ、不特定多数が使用する道に落ちてる葉っぱや、家族中が使う台所の水垢《みずあか》を、どうしてそんなに気にするんだよ、と聞かれると……。いやはや、ねえ？　なんでこんな、意味のない統計を出してみちゃったんだろ。

結論。とにかく、水回りと落ち葉は気がついたときに綺麗にしておきたい主義だ。

だれしも、「俺は基本的にズボラだが、妙なところで細かいんだぜ」という部分があるだろう。小沢昭一の『雑談にっぽん色里誌　仕掛人編』（ちくま文庫）を読んだら、登場人物がみんなそういうひとっぽくて、とても面白かった。

これは、小沢昭一が色の道の「通」たちと対談した本だ。どのひとも、「毎日電車通勤して役所で働く」とかにはきわめて向いていなさそうだが、「色」にかけてはものすごくマメである。色へのかかわりかたも、娼婦《しょうふ》だったり私娼窟《くつ》の経営者だったり女衒《ぜげん》だったり遊び人だったり、それぞれ立場を異にしているのだが、共通するのは熱意とマメさだ。

あるひとなんて、女遊びが激しすぎたせいなのかなんなのか、チン○がガンになって根元から切ることになってしまった。ブルブル、なんでも酷使しすぎちゃいけないんだな……。しかし、その後も遊びつづけているそうである。いったいなにが彼を、そこまで女遊びに駆りたてるのか。もう、理屈や常識では計れない。「熱意」としか言いようがないだろう。これが「向いている」ということなのか……！

小沢昭一は、絶妙の合いの手（「ハー」とか「へエー」とか）で、相手の話を巧みに引きだしていく。時系列だとか矛盾だとか、細かい齟齬《そご》は指摘しない。話し手のほうも自由にしゃべれるので興が乗ってきて、「ちょっと思い出したんだけどね」と、おもしろい逸話をどんどん聞かせてくれる。その話がすべて、おかしかったり切なかったりする「物語」になっており、なおかつ、消えていこうとしている色里の貴重な記録にもなっているのだ。

ひとにはそれぞれの「こだわり」があるのだ、ということがすごくよくわかる。その「こだわり」をうまく発揮できる場を見つけたひとは、幸せな一生を送ることができるのかもしれない。他のひとからその境遇をどう見られようとも、本人の充実度が高いことは、この本から十二分に推し量れる。

色の道の「通」だけでなく、さまざまな分野の「通」たちのことを、ぜひ知りたいものだなあと思った。たとえば「役所仕事の通」とか。こだわりを存分に発揮して暮らしているひとたちの話は、きっと刺激的だろう。

しかし肝心なのは、「自分に『こだわり』があることにあまり気づいていない」という点だ。これが、『雑談にっぽん色里誌』をおもしろいものにしている。話し手たちはまるで気負わず、水を飲むのと同じぐらい自然に、女遊びしたり、七十になっても男にたかられたりしているのだ。おかげで、説教臭や教訓臭がかけらもなくなり、小沢昭一のみならず読者までもが、彼らの激動の素《す》っ頓狂《とんきょう》な半生に、「ハー」「ヘエー」と感嘆の声だけをあげることになる。

私も、次々に落ちる葉っぱにキリキリ舞いをしてるようじゃあ、まだまだだ。焦《あせ》るな……焦って拾えば葉っぱはなくなる……。だが一時間後、また葉っぱで覆《おお》われる……。

そう自分に言い聞かせて、泰然と構えていたいものだ。ちなみに右の一行は、『HEAT』（池上遼一《りょういち》・武論尊《ぶろんそん》／小学館）で、主人公が子犬に向かって言ったセリフ（「媚《こ》びるな……媚びて飼われりゃ飯は喰える……。だが一生、鎖でつながれる……」）のもじりだ。たとえ相手が犬であろうと、名言を惜しまない主人公。さすがは武論尊先生だ。

二章　逼迫《ひっぱく》アクシデント

猪《いのしし》となまず

法事があったので、祖母の住む山奥の村へ行った。

母は骨折した腕のリハビリがあるので欠席、父は後から合流、ということで、必然的に弟と一緒に村へ向かうことになる。昼ごろに地元の駅で待ち合わせした。

私はたいてい、待ち合わせには遅れるのである。まにあうように出かける準備を開始しているつもりなのに、ついついボーッとしてしまって、いつまでたってもお化粧とかが終わらないからだ。弟もそれは心得ているのだが、予定していた電車の発車時刻が一分後に迫った時点で、さすがに私のPHSにかけてきた。

鞄《かばん》のなかに入れたPHSが鳴り響く。そのころ私は、待ち合わせ場所に向かって、駅の階段を必死こいて駆けあがっていた。弟は私の姿を見て、自分の携帯をしまった。

「ご、ごめん、遅れた（すでに息絶え絶え）」

「ん」

弟はいつもどおり無愛想である。「いまさらだけど、ほんっとに足が遅いな。遠くでそれらしき電話が鳴ってる音はしてるのに、なかなか近づいてこないからどうしたのかと思った」

どうしたもこうしたも、私としては走ってるつもりだったのだが。

えらそうなことを言う弟だが、自発的に旅に出たりはまったくしない性格なので（運動が好きなくせに、生活はオタク的インドア指向なのだ）、

「新幹線のチケット？　自分で買ったことないから、入手方法がよくわかんねえ」

と、ほざく。どこのお姫さまだ。

「だいたい、ばあちゃんちまでどうやって行けばいいのかも知らないし」

しかたがないので、私が新幹線のチケットを購入し、「はい、次の駅で乗り換えますよ、ついてきてくださーい」と引率した。

車内では、いまさら交わすべき会話も特にない。弟は音楽を聴いている。私もおとなしく本を読んでいたのだが、主に食べ物関係のことで、弟の音楽鑑賞をしょっちゅう中断した。

「ねえ、おなか減った。柿《かき》の葉ずしを食べよう（駅の売店で買っておいた）」

「食えば」

「あんたは食べないの？　半分こしようよ」

「腹減ってない」

後々、弟のこの小食ぶりと、私の大食ぶりは、法事で村に滞在しているあいだじゅう、親戚《しんせき》たちの驚きの的となったのだった。

祖母の家の近くの駅までは、おじが車で迎えにきてくれていた。「家の近くの駅」といっても、そこから車でまだ一時間ぐらい、山のほうへ入っていかなければならないのだ。

こうしてようやく、五時間半ほどかけて、祖母の家に到着した。祖母とおばとおしゃべりしているうちに、もう夕飯の時間だ。父も遅れてやってきて（おじがまた山を下って、駅まで迎えにいってくれた）、みんなでちゃぶ台を囲む。

バクバクモグモグゴクゴク（食事＆飲酒中）。

柿の葉ずしなんて、とうの昔に消化されてしまっている。すごい勢いで料理を食べ、酒を飲む私と裏腹に、弟はいつものことながらあまり食べない。

「あんた、燃費がいいんやなあ」

と、祖母とおばに感心されて、「ええ、まあ」なんて答えている。なにが「ええ」だ。澄ましてらあ。

食卓の話題はそのうち、「最近、峠に出没する猪について」になった。畑の作物を食い荒らす猪は、村人たちの天敵なのである。

「○○さんは、夜に車で峠を走っていたら猪に遭遇し、『このやろう！』と思って後を追いかけたけれど、振り切られたらしい」

「××さんの裏の畑には、白昼堂々、猪の親子が食事に来た。××さんは、ウリ坊をむんずと素手で捕まえたらしい」

など、猪とひととの戦いの記録が次々に語られる。

「ウリ坊ってかわいいよね。××さんは、そのウリ坊をペットにしたのかな」

と私が祖母に聞くと、

「しばらくは囲いのなかで飼ってたみたいやな。でもそのうち、姿を見かけなくなった。たぶん、程良く育ったところを……」

と、祖母は言った。

おじも、夜間に車で走行中、猪に遭ったそうである。

「おっ、と思って、そいつのほうにハンドルを切ったんだけど、クルリと方向転換して、ものすごい勢いで逃げていってしまった」

ということだ。

「『猪突猛進《ちょとつもうしん》』っていうけど、猪って方向転換できるんだね」

「そりゃ、向こうも命がかかっとるから、方向転換ぐらいするやろ」

私は念のため、聞いてみた。

「しかしどうして、みんな猪と見ると、車をぶつけようとするの？」

「つかまえたら、猪肉が食える。しかも、猪肉はけっこう高く売れる」

祖母とおじ夫婦は、「当たり前だろ、猪を見たらだれだって突進するだろ。常識、常識」って感じで、そう答えた。猪よりも人間のほうが、よっぽど「猪突猛進」なのであった。

「祖父の七回忌の法要のため」という名目で集ったわけだから、猪の話ばかりしているのもバツが悪い。みんなで、祖父の思い出話もする。

祖母いわく、

「うちは一代おきに、酒飲みでふらふらして身上《しんしょう》を傾けるようなひとが出る。あんたら（弟と私）のおじいさんもそうやった。あんたらは、よっく心して身をつつしまねばあかん」

とのことだ。就職する兆《きざ》しまるでなしの弟と、すでに酒で身を持ち崩しつつある私は、

「手遅れっぽくないか？」

「うん、確実に手遅れだね」

と、こそこそと言いあったのだった。しかし、祖母をいたずらに悲しませてもいけないので、さわやかに笑みを浮かべながら、「つつしみまッス！」と答えておいた。

「おじいさんには、ホントにホントに苦労させられた」

と、祖母の話は続く。「夕飯のしたくができて、家族で『さあ、食べよう』というときに、おじいさんは『その前に、ちょっと雨戸を閉めてくる』と言うんや。それで、ご飯を前に座って、おじいさんが雨戸を閉め終わるのを待つんやけど、いつまでたっても戻ってこない。どうしたんやろ、と思って見にいくと、もういないんや！　庭に面した窓から抜け出して、フラフラーッと町へ遊びにいってしまった後なんや！」

私たちは笑い転げたが、実際にそんな糸の切れた凧《たこ》みたいなひとと暮らしていた家族は、さぞかしやきもきしたことだろう。ロクな逸話がないので、祖父もあの世で居心地の悪い思いをしていそうだ。

「なにか一つぐらい、『このひとと結婚してよかったなあ』と思うようなことはなかったの？」

と、祖母に聞いてみる。ちょっと考えた祖母は、

「なあんにもあらへんなあ」

と、やれやれといった感じで答えたのだった。私たちはまた爆笑した。

翌日は、いとこたちもやってきて、寺でお経をあげてもらった。二人のいとこは、そろそろ結婚しそうな雰囲気である。居合わせた人間が、みんな微妙に私から視線をそらし、強引に話題を変えようとする。なんだなんだ、同情はやめてくれ。気遣われれば気遣われるほど、そこはかとなくいたたまれぬ感じだ。

祖母は一晩、「結婚してよかったと思うこと」について考えたらしい。

「一つだけあったな」

と言う。祖父のためにもよかったと思い、「へえ、どんなところが?」と聞いてみた。

「おじいさんは、なにを出しても『うまい、うまい』言うて食べはった。私が、『これはちょっと失敗したな……』と思う料理でも、あのひとにかかると全部『うまい!』なんや」

そ、それはただの味オンチじゃ……。

私たちはみたび大笑いしたのだが、たしかによく考えると、ものすごい美点のような気もする。ちゃんと「おいしい」と言葉に出して、なんでも食べるひとって、いそうであまりいないからだ。私は祖父に改めて好感を抱いたのだった。

その夜、紀伊半島をわりと大きな地震が襲った。私たちがいたところは、震度5弱は確実にあった。窓ガラスがたわんで波打っているのがわかるぐらいだ。はじめて体験するほど大きな揺れだったので、私は「あわわわ」と思った。

しかし、地震を大の苦手とするおばが、「助けてー！　神さま仏さまー！」と叫んで、地震以上に大暴れしたので、慌《あわ》てるきっかけを失った。「まあまあ、大丈夫だから」と、ぐらぐら揺れながら、みんなで冷静におばをなだめる。

祖母は布団《ふとん》に横たわったまま、微動だにしなかった。

「あかんときは、なにをしてもあかんからな」

ということである。たしかに。年輪を重ねた者の威厳を見たのであった。

真髄を斬《き》る

すごく真面目《まじめ》に家事をしている。今日は寝坊して（っていうか、一日中寝てたせいで）、ゴミを出せなかったが。家事疲れのせいで寝ちゃったんだと思う。それぐらい家事一辺倒。仕事しろ。

なんだか家事って、いい気分転換になるのだ。気分転換が大好きだから、家事ばっかりして、むしろ割合的には仕事が気分転換的位置になっている。「専業主婦ってのもいいもんだな」と、生まれてはじめて思った。だからといって、結婚したいわけではさらさらないんだが。どうやら、家のなかで一人でもくもくと作業するのが、性に合うらしい。「旦那《だんな》も子どももいない専業主婦」ってありえるんだろうか。ありえるんなら、そういう専業主婦になりたい。それはすでに「主婦」ではないんじゃ、と我が胸のうちでだれかが激しく抗議しているが、無視しておく。

しかし慣れないことなので、先日はキャベツと一緒に指まで切った。いや、切断しちゃったわけではない。キャベツの芯《しん》をこそげ取ろうとして包丁がすべり、スパーッと左手人差し指に刃が食いこんだのだ。切る前にちゃんと、「こんなふうにキャベツを持って包丁を扱うのは危ないな、気をつけなきゃ」と思ったんだが、思っただけでもう、「これだけ思ったんだから大丈夫だろう」と、つい油断した。

私は、「突発的な事態」というのは、「想像もしなかったことだから突発的」なのだと思っている。そして、「すでに想像しえたような事態は、実現しないだろう」と考える傾向にある。つまり、だいたいにおいて「想像できること」とは「陳腐なこと」なので、「現実が、私の甘っちょろい（ありがちな）想像どおりになんて、進むはずがない」と思っているわけだ。

今回の指切り事件も、「指を切るかもな」とあらかじめ想像していたので、まさか本当に「指を切る」ことが実現されるとは思っていなかった。だから、切り口からドピューッと血が出てきて、ものすごく驚いた。「なんだよ、ちゃんと想像しておいたことでも、いざ起こると『突発的事態』になるんだな！」と、たじろぐ。

いままで包丁で指を切ったなかでは、最多の量の血液がシンクにボタボタ滴《したた》り落ちている。「この調子で血が流れつづけたら、早晩、死んでしまう」とあせったのだが、なぜか痛みが全然ない。すごく切れ味のいい包丁で切ったせいだろうか。凄腕《すごうで》の剣客に斬られると、斬られたと気づかぬうちに昇天するという。もしや私、剣豪？　などと悦に入っているうちにも、まだまだ血は出てる。

部屋のなかに血を点々と垂らしながら、ティッシュを取ってきて止血に励む。たしか、傷口を心臓よりも上にしたほうがいいんだよな。

だが、「そろそろいいか」と腕を下ろすと、また血がパタパタ落ちるのだ。うーん、まいった。おそるおそる傷口を直視してみたら、中のお肉が血まみれになっていて、非常に気色悪い。相変わらず痛みはないが、「怪我《けが》をした」という圧倒的事実が視覚から襲いかかってきて、あっというまに貧血になる。すぐに「その気」になっちゃうのだ。

指をティッシュでぐるぐる巻きにし、傷の上下を輪ゴムで止めてから、ふらふらとベッドに横たわる。「もうだめだ。そのうち失血で意識が遠くなって、でもこんなに痛みがないんじゃや、そのまま気づかずに大量の血の海のなかで死んでしまうにちがいない」と、悲愴感《ひそうかん》が漂う。そのうち貧血が治ったので、起きてキャベツの続きを切った。痛みは結局、三十分後ぐらいにやってきて、赤チンで消毒しながら思わず、「イタタタ、こりゃあ痛い！」となったのだった。

その晩、友人Hにメールで、「俺、剣豪かもしれねえぜ」とさっそく得意げに報告したら、「いや、それたぶん、神経の問題で……」と返信がきた。違うって！　切れ味のいい刃物で、思いきりよく指切ってみなって！　絶対に痛くないから（しばらくは）。

そんな調子で暮らす我が火宅に、約束どおりあんちゃんが遊びにきてくれた。しかも、山岸凉子《りょうこ》関連の資料を大量に持って。それらの資料は、あんちゃんが国会図書館などに通って、雑誌からせっせとコピーしてきたものなのだ。すごいよ、あんちゃん！　「なんのために」と目的を問うようなヤボな真似《まね》はよしとくれ。「ただ漫画のために……！」と答え、荒野に倒れ伏した勇者に幸《さち》あれ。

あんちゃんには、肉が全然入っていないお好み焼きをドンと出しておき、私はフガフガと、山岸先生の過去のインタビュー記事や、先生の作品に関する評論などを読みふける。私には「もてなしの心」ってのが欠落しているのであった。

評論のなかではやはり、橋本治のものがすごかった。『山岸凉子作品集　日出処《ひいづるところ》の天子』（白泉社）の一巻と二巻に収録されているものだ。あんちゃんは、出典を明記したポストイットを、ちゃんとコピーに貼《は》ってくれていた。さすが、あんちゃん。ぬかりなしだな。

そのなかで、「厩戸王子《うまやどのおうじ》にまとわりついていた下等霊は、王子自身の性欲なのだ」

みたいな指摘があって、「なるほど！」と膝《ひざ》を打つ（『日出処の天子』を未読のかたは、ぜひとも読んで、該当シーンを確認してみてください）。

それで最初は資料を読みながら、なんじゃらかんじゃら、いつもどおりの漫画談義を繰り広げていたのだが、そのうちなぜか、「自分に弟妹ができたときのこと」についての話になった。あんちゃんも私も、弟や妹と六歳ぐらい年が離れている。しばらく一人っ子で、物心がついてから、兄弟ができたわけだ。

「うちの場合はねえ」

と、私は言った。「私が『兄弟が欲しい』と親に言ったの。もちろん、どうしたら子どもができるかなんて知らなかったから、『言えばすぐできるもんなんだろ』と思ってたんだね。そうしたら親が、夫婦間で検討したらしくて、『わかった』と。『わかったけど、それはともかくとして、あんたもそろそろ小学生だから、一人で寝ろ』って言うわけ。それまでは親子三人、川の字になって寝てたのに」

「なまなましい話になってきたね」

「うん。それで私は、物の道理もわかんないから、『一人で寝るのはさびしいし怖いからやだな』って思ったんだけど、『まあ、小学生になるためには、一人で寝ることにも耐えねばな』と、追いやられるまま、別の部屋に移動したの。そうしたら、『兄弟が欲しい』と言ったのも忘れたころに、弟が生まれてきたわけなんだねえ」

「しをんちゃんを別室に寝かせて、思う存分、子づくりしたと」

「そうそう。いまにして思えば。だから弟がえらそうなこと言ってくるたびにさあ、私はおかしくてたまらないよ。『あんたなんて、私の気まぐれで生まれてきたようなものなのよ。私はいわば、あんたの「命の恩人」なのよ』ってね」

「なるほどねえ」

と、あんちゃんは言った。「うちの場合、最初は『一人っ子でいいや』と親は思ってたらしいのね。だけど父親がある日突然、『やっぱり子どもは国の宝だ！』って言いだしたんだって」

「お父さん、変わってるね」

「ヘンなんだよ、うちの父。母は、『やだなあ』と思ったらしいんだけど、父の『地に満ちよ』政策に押し切られ、結局私の下に二人、妹ができたの」

「なんなんだろうね。一人目の子が六歳ぐらいになると、一応子育てのコツもわかってきて、いろいろ手持ちぶさたになるのかな。それであんちゃんのお父さん、いきなり『国の宝』なんて言い訳を持ちだしてきたのかもね」

「いま思うとうちの両親、寝てる私の隣で子づくりに励んでたんだよ！　そして私そのころ、夜中に頻繁に悪夢にうなされてたんだよ！『枕《まくら》のところに骨が！』とか叫んで、泣きながら飛び起きてたもん」

「ああ〜。横から伝わる桃色の波動によって……」

「そうそう、絶対に横で行われていたことの影響だと思う。だってさ、橋本治先生も言ってたじゃない。『王子の性欲が下等霊となって』って」

　そこにつながるのか！と思いつつ、私も賛同する。

「あんちゃんのご両親が作りだした下等霊が、眠っている幼きあんちゃんを苦しめていたというわけね」

「下の妹をつくるときとか、どうしてたのかなあ。眠っててくれなきゃ困る子が、二人もいたわけでしょ。『より深く眠るように』って、私の口元を手でふさいだりしてたんじゃないのかな」

「あんちゃんは寝てたんじゃなく、気絶させられてたのか」

「そうでもなきゃ、あのころのうなされようの説明がつかないですよ」

「いやあ、下等霊の仕業ってことにしておこうよ」

　弟妹ができたときのエピソード、聞いてみたらひとそれぞれ、おもしろい話が出てきそうである。

気まぐれ一人旅

うーん、関西は暑かった。なんかモワッと暑い。

週末に京都・大阪に行ってきた。急に思いついて、行くことに決めたのだ。

一日目の夜に、大阪でのＬｕｃｙ（バクチクのメンバーがやっているバンド）のライブ。次の日には、京都南座での文楽公演。日程的に両方見られることに気づいちゃったからには、行かないわけにはいかない。ウキウキと個人旅行パックを予約した。

しかしいつも不思議なんだが、往復の新幹線とホテル一泊がセットになった料金が、なぜ正規に購入した場合の往復新幹線代よりも安いのか。ＪＲとホテルとのあいだに、

「そこはそれ、そちに悪いようにはせぬゆえ」

「そうおっしゃられては、いたしかたありますまい。ようござんす」

「うっしっし、そちもごうつくばりよのう」

「お代官さまほどでは……、うっしっし」

みたいなやりとりがあるのだとは思うが、こういうパック旅行企画は、いったいだれがどのくらい得をしてるのか、具体的には皆目見当がつかない。ま、旅行者にとっては確実に割安でお得だから、べつに無理に詮索《せんさく》したいわけじゃないけれど。しかし、じゃあ正規の運賃ももうちょっとまけられるはずだろ、と思わなくもない。

さて、出発前日は不眠不休で仕事をし、出発当日の午前中は洗濯と風呂《ふろ》掃除に費やした私は、昼頃にルンルンと家を出た。一泊旅行なので、着替えも全然持たない。近所のスーパーに買い物にいくのと変わらない恰好《かっこう》だ。やはり身軽な旅が一番だからな。うむうむ。「私ったらいま、最高に旅行上級者っぽい」と、一人で悦に入る。

そして新幹線の駅へ向かう電車に乗るべく、地元の町へ出たとたん、行きつけのオタク御用達《ごようたし》書店にて、ホ○漫画を四冊購入。……あれ？　私、なにしに町へ出てきたんだっけ？

たしかに、いまの私はふだんと変わらない恰好のままだ。つまり、「地元の町で、がっつりホ○漫を買ったとき」そのものの姿をしてる。しかし、これは決して「身軽」ではないような……。少なくとも、「これから京都・大阪旅行をする恰好」では絶対ない。

荷物のなかで漫画が一番かさばってるよ、という状態のまま、新幹線で京都へ。新大阪までそのまま行ければ楽なのだが、パック旅行は往復の発着地が一緒じゃないといけないのだ。んもう、融通がきかないんだから。割安物件には、それなりの落とし穴が用意されているのであった。

京都から在来線で大阪に向かう。近いんだなあとびっくり。京都や大阪に住んでいるひとは、まわりに著名な観光都市がいろいろあっていいな、と思う。もしやそのせいで、デート文化も発達してるんだろうか。

私が今回、京都と大阪に行って感じたのは、「仲のいいアベックが多い」ということなのだ。老いも若きも、仲良く寄り添って町を歩いている。東京よりも、その数が多い気がした。もちろん、よその土地から観光で来たカップル分だけ、二人連れが多くなってるだけのことかもしれない。

だが電車内で、

「おとうさん、うちもう足痛いわ。座ってもええやろか」

「おう、座っとき、座っとき」

などという会話を交わしつつ、立っているおじちゃんの足もとにしゃがみこむおばちゃん（どっちも六十代ぐらい）を見るにつけ、なんかいつまでも仲がいいんだなと、微笑《ほほえ》ましい気分になった。

関西のアクセントで男女がしゃべると、東京弁でしゃべるよりも、親しさ度合いがすごく高いように聞こえる。東京弁だと、

「おとうさん、私もう足が痛いんだけど。座ってもいいかしらね」

「ああ、座れば」

となって、そこはかとなく倦怠期《けんたいき》っぽい。

さて、大阪駅で大胆に迷子になり、道々で案内係のおじさん三人ぐらいに、「御堂《みどう》筋《すじ》線ってどこにあるんですか」と聞きまくってようやく、心斎橋にたどりつく。おお、若者の街だ。コインロッカーに荷物を預け、今度こそ本当に身軽になってライブに参戦した。といっても、いつもどおり、ライブハウス後方に陣取っただけなんだが。

大阪まで来たのに最前線に突入しないとは、やる気があるんだかないんだかビミョーな感じだ。愛は変わらずにあるんだけど、いまやもう若さがない。「頑張って花魁《おいらん》を買う金を貯《た》めたころには、まちがっても自分と一緒に花魁が心中してくれないような年齢になっている」ようなものだな。私はそんなことを考えながらライブを見たのだった。王道のロケンロールっぽいライブって、ひさしぶりに行ったなあ。はー、楽しかった。

ライブ終演後にまたもや大阪駅で迷子になりつつも、京都へ戻る。夜になってもモ

ワッと暑い。ホテルの近くのコンビニで翌日の朝ご飯と酒とつまみを買いこみ、グビグビ飲みながらキンキンに冷房をかけ、ベッドにねっころがってホ○漫を読む。極楽じゃ。しかしなんだか私、出張慣れした中年サラリーマンみたいだな……。京都の終夜営業のコジャレたカフェを探索、などの発想はまったく出てこないのであった。

風呂掃除しなくていい風呂って大好きだ、と思いながらシャワーで汗を流し、ウィンブルドンの女子シングルス決勝を見てから就寝。我が火宅にはクーラーがないし、テレビも映らないので、「もしかして天国ってこのホテルの部屋のことを言うのかもネ」と思ったのが、眠りに落ちる前の最後の思考であった。ふだん清貧に甘んじていると、せっまいビジネスホテルにも喜びを感じられる。もちろん、どちらかを選べるものなら、ふだんから贅沢《ぜいたく》して、週末には豪華ホテルで遊ぶ生活のほうがいいんだけど。

モーニングコール後に一時間以上も眠り、元気に目覚める。さあ、今日は南座で文楽を見るぞ！　勇んでチェックアウトし、野性の勘に任せて無事に四条通りに出る。うーん、南座は……こっちだ！

もちろん逆方向に歩いてしまうのだった。四条通りを行けども行けども鴨川《かもがわ》にぶつからず、どうやら反対だと気づく。

四条通りを戻る途中で、観光客らしき外国人から、「スミマセン、ココはシジョードーリですカ」と聞かれる。勇気あるな、私に道を聞くなんて。そりゃ、「家をフラッと出て、近所の本屋で買い物した直後」のような姿ではあるけれど、私もいま迷子中の身の上なんだぜ。

しかし異国の地で無駄に不安がらせてはいけないと思い、重厚に「そうです」とうなずいておいた。本当はちょうど、「これ四条通りだよね？　まさか烏丸《からすま》通りってことはないよね？」と内心で考えていたところだったんだが、左右はまちがえても、よもや縦のものを横と取り違えるほど、私の方向音痴もひどくはないだろう。って、地理を横と縦で把握しようとしてるところからして、「方向感覚に不自由なひと」なのが透けて見える。

開演ぎりぎりにようやく南座を探し当て、一安心。一日、文楽を満喫してから、バスで京都駅に行く。新幹線の時間まで、バーゲン開催中の京都伊勢丹《いせたん》を、ハイエナのごとくうろついたのは言うまでもない。しかし買ったのは結局、京都駅構内の本屋で見つけた『京都時代MAP　幕末・維新編』（光村推古書院）だった。

江戸時代の京都の地図の上に、トレーシングペーパーに印刷された現在の地図がかぶさっているというすぐれもの！　「特許出願中」らしいが、たしかにこれは便利だ

（「新選組史跡めぐり」の際などに。実行に移すかどうかはわからないが）。

しかし私はいったい、なにをしてるんだろう。なんで旅に出て本しか買っていないんだ？

季節を問わず熱中症

あまりに暑くて意識が朦朧《もうろう》としてしまうので、火宅にクーラーを導入することにした。

電気屋さんがやってきて、炎天下に何時間もかかってクーラーおよび室外機を設置してくれた。電気屋さんというのは、難儀な商売だなと思った。当たり前だが、クーラー設置を依頼されるということは、その家にはクーラーがまだないということなのだ。クーラーをいっぱい陳列してある店を経営しているのに、自分は暑いさなかに、クーラーもない場所で汗だくで作業しなければならないなんて……！

我が火宅を天国に変えてくれた電気屋さんに、私は深く感謝を捧《ささ》げたのであった。

電気屋さんが作業しているあいだ、私がなにをしていたかというと、遊びにきたあんちゃんと夕飯を食べながらビデオ鑑賞。あんちゃんが素晴らしきビデオコレクションを持ってきたのだ。

内容は、
一、イチローと松井が対談したテレビ番組
二、ガクトのライブビデオ二本
三、あんちゃんおすすめのバレエビデオ
である。もちろん、続けざまに全部見た。たぶん、全部見終えるのに七時間ぐらいかかったはずだ。

「きえぇぇ！」とか、「いまんとこ巻き戻してコマ送りしてー！」とか、奇声を上げつづける女二人のかたわらで、黙々とクーラーを取りつけてくれる電気屋さん。もしかしたら彼は、「いったい、こいつらはなんなんだ」と恐ろしく思って、案外涼しく仕事ができたかもしれない。

イチローと松井の対談は、二人の性格の違いが如実《にょじつ》に表れていて、むちゃくちゃ笑えた。天然系な松井さんの隙《すき》まみれの言動に、イチローのツッコミが冴《さ》えわたる。モジモジしながら受け答えする松井さんに、あんちゃんと私は「いいよ！　いいよ、松井さん！」と笑いまくった。

「松井さん、なんかクネッてますよね。なんでだろ」

「だって心が乙女だもん。憧《あこが》れのイチロー先輩の前なんだもん」

「やっぱり『イチロー×松井』で決まりですよね！」

と、こまめに何度も巻き戻して、二人の香ばしい体育会系的上下関係を堪能《たんのう》する。

イチローと松井は、現在の野球界において間違いなく一番才能に恵まれたひとたちだと思うが、この番組を見ていたら、「いったいどちらがより野球の神に愛されているのか」という深遠な問題にぶち当たった。

イチローは番組のなかで、プレッシャーやストレスで吐き気がしたり、呼吸が苦しくなったりする、と言っていた。バッティングで不調が続いたときには、絶え間なくその原因を探し当てようと努める。そうしていると、なんでもない凡打をきっかけに、「どうして自分が不調に陥ったかが明確にわかる」のだそうだ。その瞬間の感覚はきっと、言語化するのは無理なレベルの出来事で、野球をやったことのない私にしてみれば、「悟りに近いんだろうな」と想像するしかない。

しかし松井さんは、「いい当たりだった」という好感触から復調のきっかけをつかむことはあるが、「凡打をきっかけになにかをつかんだことはない」と言う。また、プレッシャーやストレスは、まったくといっていいほど感じないらしい。たとえ試合でうまくいかない日があっても、次の日にまた球場へ向かえば、「よし、やるぞ」とプレッシャーもストレスも忘れてしまう。

なんと対照的なのだろうか。

「この二人が、野球の神に選ばれた人間なのは間違いないよね」

「ありませんね。でも、選ばれかたがどこか違います」

「うん……。イチローさんは、野球を高い次元で表現する使命を与えられ、苦しみながら試練を越えていくよう運命づけられたひとだよ。だけど松井さんは、もっと単純に、ただただ野球の神に愛されているひとだよね。野球神も『ういやつ、ヒデキ』ぐらいに思って、いつもニコニコと彼のプレーを見守ってる感じがする」

「野球神のえこひいきは、小学校教師ぐらい激しいですね。そのおかげで、イチローさんの魅力である孤高のムードが生まれたわけですけど」

「神はひいきするものなんだよ……。彼らは野球界のカインとアベルだね」

どっちがカインでどっちがアベルなのか、あえて明言せずとも一目瞭然《いちもくりょうぜん》である。

両者とも、同じ分野における人並みはずれた才能を持っているのに、その才能の質は全然違うものなのだ。なんか人間ってホントにおもしろいなあと思わされた。そして、野球の才能などカケラも持ち合わせていない凡人にも、彼らの才能の質が違うらしいということだけは、見ていてちゃんと理解できるのである。そこがまた、人間のおもしろいところだ。

ガクトのライブビデオと、バレエのビデオは、主にわき毛を確認することに全精力を傾けることになった。

「そこ一時停止！」

「やっぱりガクトにはわき毛がないですよ！」

「全身脱毛かな。そういえば、ハリウッドでは男性の脱毛がはやっていて、トム・クルーズには頭髪以外の毛はないんだよ」

「そんなこと、どこで知ったの……」

「ん？『ギンザ』（マガジンハウス）のハリウッドゴシップ欄」

私が欠かさず愛読しているコーナーである。あんちゃんも、

「あー、あれはおもしろいですよね！」

と、すぐに反応してくれた。「あの欄だけを集めて、一冊の本にしてくれないかな。絶対に買うけどな」

「買うよねー。本にするときは、ついでにその年その年の『アカデミー賞ファッションチェック』も一緒にまとめてほしいわ」

もしかしたら、それがいま一番欲しい本かもしれない。雑誌から自分であのコーナーだけ切り抜いておけばよかった。

バレエダンサーのわき毛については、チェックしようと思っても、どうしてもチンカップのほうにばかり目が行ってしまってダメだった。

「だいたいさ、股間《こかん》にあんなものをぶらさげてる体のくせに、ピチピチのタイツを穿《は》いて踊ろうってのが、大胆というか、無茶だよ」

「明らかに邪魔そうですよね。やっぱりバレエは、可憐《かれん》な女の子を見るほうがいいな」

あんちゃんはかわいいバレリーナを発見しては、海外からビデオを取り寄せているらしい。チンカップに目が釘付《くぎづ》けのくせに、遺憾ながら性差別主義者になってしまったのであった。

ひとしきり体毛についての観察をしたあとで、あんちゃんは言った。

「そういえば私、高校生ぐらいまでは、『嫁入り前の娘が、体に剃刀《かみそり》をあてるなんてとんでもない』って思ってましたよ。『結婚したら、眉《まゆ》を剃《そ》ってお歯黒を入れなきゃいけないんだわ。あーあ、やだなあ』と、授業中に本気で泣きそうになったりして」

「……なに時代の電波を受信してたわけ」

「思春期って、ちょっと頭がおかしいものですからね」

あんちゃんが高校生のころの夏も、今年ぐらい猛暑だったのだろうか。思春期を迎えた現代人の娘のなかで、お歯黒のことを思って真剣に悲嘆に暮れたのなんて、賭《か》けてもいいがあんちゃんだけだろ、と思った。

そういえば、バクチクのボーカルがめでたく結婚したらしいのだが、その報に接した死国のYちゃんの反応は、

「ま、相手は私なんやけどね。困るわあ、私の知らんうちに勝手に結婚を公表したりしちゃあ」

というものだった。

だれか、この子たちを助けてあげて！

国家レベルで早急に暑さ対策をしないとならない時期に来ていると思われる。

シャイニングスター

この一週間で、三回もバレエを見た。レニングラード国立バレエが来日していて、友人のNさんとあんちゃんが、それぞれ誘ってくれたのである。招待券でバレエを見られるなんて、なんという幸運であろうか。結果は一勝二敗。つまり私は、三回行って二回寝ちゃったのである。招待券でバレエを見といて、なんという不遜《ふそん》であろうか。

でもでもでも、つまんなかったわけでは決してないのだ。むしろ自分的には情熱と好奇心がムンムンだった。だけど、まだ古典バレエの時間経過のお約束に慣れていなかったのだ。それでつい、たまに首がコックリコックリと……。Nさんとあんちゃんは広い心で無礼を許してくれたが、反省しきりである。

見たのは『白鳥の湖』と『ドン・キホーテ』と『ジゼル』だ。唯一《ゆいいつ》、一睡もせずに見られたのが『ドン・キホーテ』であるあたり、自分がつくづくロマンティックを解さないというか、「白いバレエ」の世界に没頭しきれない人間だということがわかった。

まず、『白鳥の湖』。これはNさんと行った。見終わってから銀座でモツ鍋《なべ》を食べちゃった時点で、なにかこう、どう言い訳しても白鳥に面目が立たない気がする。ものすごく有名な演目で、音楽もコスチュームもうっとりって感じ。オデット（白鳥）とオディール（黒鳥）を踊るのは、レニングラードのプリマと言うべきオクサーナ・シェスタコワ。ジークフリート王子はドミトリー・シャドルーヒン。実力充分の二人であろう（詳しくないのでよくわかってないが）。

しかし、王子が全然感情移入できないキャラクターなのだ。全身白タイツの若く純粋な王子は、その実ただのマザコンである。母親である王妃さまを心配させないために、そろそろ嫁さんもらうかなあと思ってるようなのだが、どの子も気に入らないらしい。そんなある日、王子は森のなかの白鳥王国に迷いこみ、美しい白鳥の女の子に一目惚《ぼ》れ。二人は恋に落ちるのでした。

という筋だと思うのだが、王子が白鳥王国に行くのと同時に、私も彼岸に旅立ちました。だって、白いチュチュをつけた白鳥たちが華麗に舞い踊るのは、ホントにこの世のものとは思われぬ美しい光景で、流れる時間も現実世界とちがっていて……。浮遊感が。α波。そう、α波が出て、気持ちよくなっちゃったんだよ！

舞台の端でちょろちょろしてる、蛾《が》みたいな男はなんだろな、と思っていたら、それがロットバルトでした。彼は白鳥王国の支配者で悪いやつらしい。しめしめ、純朴な王子をだまくらかしてやろう、と思ったロットバルトは、オデットのふりした黒鳥オディールを宮廷に送りこみ、王子と結婚させようと目論《もくろ》むのだった。

世間知らずの馬鹿《ばか》な王子は、宮廷に来たオディールをオデットだと信じこんで、王妃さまの前で愛の踊り。って、ちょっと待て！　オデットとオディールのどこが「そっくり」なんだ！　明らかにオディールのほうがまがまがしいとか、そういう問題の前にまず色が違うだろ色が！　なぜだまされるのかがわからない。

ひとしきり踊ったあとで、ようやくだまされたことに気づいた王子は、「どうしよー、ママ！」と王妃に泣きつく。ママはショックで倒れてしまう。息子が鳥と蛾（？）にだまされたぐらいで失神してるような女が王妃では、この国の先行きは暗い。王子もどこが魅力なのかわからないぼんくらだし。

その後、再び王子は白鳥王国に迷いこんでオデットと再会を果たすのだが、それでどうなったのかはわからない。本格的に寝ちゃったからだ。白鳥王国は我が鬼門だ。複式夢幻能ぐらいに眠りに誘われる。王子の裏切りのせいで傷心のオデットが死んじゃう展開だとしても、王子とオデットがめでたく結ばれるという展開だとしても、私は納得いかない。オデット、目を覚ませ！　私と一緒に夢のなかを漂ってる場合じゃないぞ！　そんな男に愛を捧《ささ》げるのは即刻やめるんだ！

お騒がせ王子の目ん玉くりぬいてから、オデットは仲間と一緒に北へ旅立ち、そこで新たな愛を見つけたのでした、というラストだったらいいなあと願いながら、カーテンコールでハッと意識を取り戻したのであった。以上、『白鳥の湖』でした。実況できる場面が少なくて本当に申し訳ない。

次は、あんちゃんと一緒に『ドン・キホーテ』。

『ドン・キホーテ』のキトリはイリーナ・ペレン。すごくかわいらしい。バジルはファルフ・ルジマトフ。ルジマトフー！　ルジマトフー！　キャー！　キーロフバレエのスターの客演である。私はあんちゃんが見せてくれたバレエのビデオのなかで、ひときわ異彩を放つルジマトフに目が釘付《くぎづ》けだったのだが、生の舞台で彼を見て魂を抜かれた。

バレエダンサーとしてはベテランもいいところなのに、噴出されまくるフェロモン。腰のそりが尋常じゃなく、指の先までいつもキメキメである。なんちゅうか、とにかく「雄」って感じで濃いのだ。そんなルジマトフも、「白いバレエ」の王子様をやったりするというから驚きだ。どことなくうらぶれていて、「ウォトカをしなやかに一気飲み！」というイメージがあるのに……。

客席も熱い。ルジマトフが舞台に登場するたびに、最前列に陣取ったおばちゃんたちがスチャッと双眼鏡を構える。あなたたち、それ以上拡大してルジマトフのいったいどこをチェックしたいの。チンカップか。そうなのか？

「あのかたたちは、ルジマトフのおっかけです」

と、あんちゃんが解説してくれる。「日本全国、全公演を追いかけるそうで。貢《みつ》ぎ物もすごいらしく、こんな伝説があります。『なにが欲しい、ルジー？』とおっかけの一人が直接本人に聞いたところ、ルジマトフは『製氷器』と答えたんですって」

「ちょっと待って。なんで製氷器？　ロシアには製氷器がないの？」

「寒い国だから、氷なんて外に水を出しとけばいくらでもできるんじゃないですか。だからきっと、ロシアに製氷器はないんですよ。とにかく、そのひとはリクエストに応《こた》えてドカーンと製氷器を贈ったそうです。ところが、その製氷器はルジマトフの帰国の際に、税関で没収されてしまった、と」

「原発の部品と見まごうばかりの、業務用の高性能製氷器だったのかな」

「さあ……。これが、なんだかわけがわかんないけどものすごい、というルジマトフ伝説です」

「うん、わかんないとこだらけだけど、たしかにすごいね」

未《いま》だ製氷器を手にできていない（であろう）悲哀のルジマトフ。海外公演で訪れた国にはもれなく愛人と隠し子がいると噂《うわさ》される、踊る爆弾なのだった。

そんなルジマトフ、若いイリーナを安定した技術で支え、持ちあげたりクルクル回したりと、華やかに活躍する。若手ダンサーの高い跳躍にも、「フフ、まだまだ青いな。おまえもいずれ年老いる。そのときに俺ほどの表現力がはたして身についてるかな？」とばかりに、余裕の表情で動じません。彼の脚が舞台の端にすっと現れ、クイックイッと強靱《きょうじん》な腰を強調しつつ中央に歩みでるたび、お客さんたち喝采《かっさい》&失神！

私が『ドン・キホーテ』で寝なかったのは、ルジマトフパワーと、明るくて楽しい物語展開のためだと思う。ヒロインのキトリが、キュートでほがらかで素直な性格に設定されているのがいい。青白く舞い踊るヒロインには、いまいち共感できないんだよな……。

さて、最後もあんちゃんと『ジゼル』。ジゼルはオクサーナ・シェスタコワ。アルベルトはルジマトフである。うきゃー。

これも素晴らしくて、二幕の死せる乙女たちの場面でやや寝たが（青白い群舞にとことん弱い）、大満足だった。私は筋を知らないまま見ていたのだが、度肝を抜かれる展開。これでいいのかー！

アルベルトは、踊りの好きな村娘ジゼルと恋に落ちる。もううっとりなシェスタコワとルジマトフのダンス。ところがどっこい、アルベルトは実は貴族で、婚約者がいたのだ！　なんてひどい男！　ジゼルはショックで死んでしまう。えええー！　私もショックで死にそうである。

ジゼルの墓にお参りするアルベルト。いまさらしょんぼり花なんか持ってくんな！このダメ男めが！　と思いつつも、ルジマトフだから許す。そこへジゼルと青白い軍団が現れる。ジゼルは、処女のまま死んだ子がなるという、亡霊だか妖精《ようせい》だかの一団に加わっていたのだ（ルジマトフ相手だと、一緒に踊っただけで妊娠しそうで、ジゼルが処女のまま死んだというのがいまいち信じきれないのが、この配役の難点といえば難点である）。青白軍団は、アルベルトを森から出さずに取り殺そうとするのだが、ジゼルがけなげにも必死にかばう。なんていい子なんや。その男の不実のせいで死んだってのに、ううう。

またもやジゼルとアルベルトのうっとりの踊り。高度な技とあふれる叙情の波状攻撃に、客席の人々の息は絶えなんばかりだ。私も体が鉄骨マンションみたいじゃなくて、体重があと二十キロぐらい軽くて、運動神経があって顔がかわいかったらプリマになれたのに……！　ルジマトフと一緒に神のごとく踊れたのに……！

ジゼルのおかげで命が助かったアルベルトは、ジゼルの墓の前で一人、夜明けに泣き伏すのだった。おお、ルジマトフ泣かないで……！（結局そこか）

カーテンコールで、ルジマトフはシェスタコワとラブラブぶりを見せつけた。彼はカーテンコールでも愛想をふりまかず、「どうも」と無表情に会釈《えしゃく》するぐらいなのだが（そのつれなさがまたいいのだが）、シェスタコワのことはすごく立てているのが感じられる。

「イリーナが相手だったときとは態度がちがうわね」

「レニングラードのプリマへの礼儀でしょうか。ああっ（双眼鏡を覗《のぞ》いて、二人の接触に動揺するあんちゃん）」

「気をつけてオクサーナ！　ルジマトフに狙《ねら》われてるわよ！」

やきもきやきもき。

「ところであんちゃん。ルジマトフの所属するキーロフバレエって、たしか……」

「そうです。ミロノフ先生（山岸涼子の『アラベスク』のヒーロー）と同じバレエ団です」

全然キャラが違う！　ミロノフ先生とルジマトフが同じバレエ団に採用され、同一の舞台に立てるとは思えない！　ナンバーワンかつオンリーワンが二人も！　キーロフバレエの底力を見たのだった。

いや、ミロノフ先生は実在しないから……というご指摘は無用である。実在する！　ミロノフ先生は私の心のなかでいつだって輝いておる！　むん。

次は製氷器持って、ロシアまでルジマトフを見にいくか、とあんちゃんと盛りあがっている。

厄介事襲来

ベランダで瀕死《ひんし》の蟬《せみ》が暴れている。暴れる力があるってことは、まだ瀕死じゃないのかもしれないが、いずれにせよ、蟬の「断末魔」というのは、いつも私を苦しい気分にさせる。ああー、蟬も死ぬのはつらいんだな、と思い知らされるから。

のたうちまわる蟬をよそに、羽蟻《はあり》の大群が火宅に大進撃を開始した。火宅のまわりに緑が多いのはいいことなんだが、比例して虫も非常に多い。蚊すらも殺さなかった高僧の話があったように思うが、それでいくと私は地獄の最下層に落ちること請け合いである。貴い命を、一日にどれだけプチプチとつぶしていることか……。

だけどここは、あたしんちなわけだしさあ、玄関からならともかく、網戸の破れ目からズンズンズンズン侵入してくるってのは、やっぱりやめてもらいたいわけ。羽蟻に説教すれども、もちろん効き目はなし。就寝前の読書を楽しもうと、深夜に電灯をつけてベッドに寝っころがってると、黒くて小さな彼らが、ぽたぽたとページや顔に落下する。なんなの。ここは八《やつ》ヶ岳《たけ》の山小屋かなんかなの。怒りに燃えて、一匹ずつつぶすのであった。

もしかしたら羽蟻たちは、私の防犯意識の低さに警告を発しているのかもしれない。網戸だけで寝るな。窓を閉めて鍵《かぎ》をかけろ、と。でも、クーラーをかけて寝ると、いまいち体がすっきりしないし……。どうしたものかと思いながら、光を求めて網戸にびっしりと群がった羽蟻たちの動向をうかがう。

そして私は、見てしまったのだ。もぞもぞひしめきあう彼らのうちの一匹が、網戸の小さな破れ目を発見し、「おっ、こっから入れるじゃん！　みんな、ついてこいよ！」と言わんばかりに、嬉々《きき》として我が室内に顔をつっこみ、「うーん、うーん」と体を通過させる瞬間を。

ぎゃあああ！

即座に窓ガラスを閉めた。

これまでいっぱい殺生《せっしょう》を重ね、羽蟻界で虐殺者《ぎゃくさつしゃ》の名をほしいままにしてきた私だが、「網戸を通過する瞬間の羽蟻」というのは、なぜだかものすごくおぞましいものだった。肌にたかったヒルが、皮膚を食い破って体内に侵入する瞬間に似てるっていうか……。逆でもいい。体内であふれんばかりに増殖した寄生虫（クリーム色で、太くて短いミミズみたいな形状で、赤く細い線が首まわりに入っていて、つぶすと緑色の臭い汁を出すような寄生虫だと思ってください）が、とうとう内側から皮膚を食い破って肌の上に顔を出した瞬間っていうか……。

とにかく、「ぎゃっ、こんな得体の知れないものが、私を虎視《こし》眈々《たんたん》と狙ってる！しかも境界を突破してきた！」という種類の気持ち悪さであった。

羽蟻ってのは、一晩明けるとバタバタ死んでいる、はかない虫のようだ、と観察の結果わかってはいるのだが、やはりシャットアウトだ。虫のなにがいやかって、意志の疎通《そつう》がどうしたってできないところで、はかない命なのに、どうして単純に光のほうへ飛んできては私を悩ませるんだよ、自然のなかで交尾してろよ、と思う。

蟬の断末魔がいよいよ弱々しくなってきた。私のまわりにはいま、息も絶え絶えなものが蟬のほかにも二つある。一つは、青リンゴちゃん（iMac）。もう一つは、私自身だ。

青リンゴちゃんは、昨夜から突如として「御気色悪《みけしきあ》しくなりぬるかな」になった。エラーサインを連発し、何回も何回もフリーズを繰り返す。書いた文字数よりも、強制終了を食らった回数のほうが多いぐらいだ。返信しなきゃならないメールも、全然送れない。まず、メールの文面が書けないのだ（一文書くあいだにも、しょっちゅうフリーズするから)。

　原因は不明。たぶん寿命。

　ああああ。このクソ忙しいときにかぎって！　最大のピンチといっても過言ではないほど、仕事が切羽詰まっているときにかぎって！

　この文章も、三行ぐらい書いたところでフリーズしてしまった。しょうがないから白リンゴちゃん（iBook）に代打をお願いし、なんとかしのいでいるのだが、青リンゴから移せていないものがたくさんあり、はっきり言って危機である。

　おお、私のオタク画像コレクションがぁぁ！

　いや、ちがった。未返事のメールの山が！　やりかけの仕事の山が！　全部パアか？

　早急にリンゴ一族から新しい嫁を迎えねばならないが、身動きとれない。引っ越したうえに仕事もできてないから、余分な金もない。うわあ、八方ふさがり。いっそ楽しい気分だぜ（ヤケ）。

　もうちょっと気力体力が充実していれば、このピンチにも迅速に対応できたと思うのだが、ここんとこ私はドツボにはまってしまい、炎天下に塩をかけられたナメクジぐらいにダメダメなのだ。なにをする気にもなれない。できることといったら、ご飯食べて寝て飲み会に行くぐらいかしら（充分だろ）。

なんだろう、この鬱々《うつうつ》とした気分の原因は。え、まさか、十五年来の心の恋人（↑バクチクのボーカルのことらしい）が結婚したせい!?　……ちがうな。原因はきっと暑さだな。

冗談ぬきにしなびているので、母が心配して毎日のように電話をかけてきてくれる。しかし、母も近ごろ血糖値が上がったとかで、結局お互いに「ダメだよ、わたしゃ」とため息合戦。「老老介護」という言葉が脳裏をちらつくのであった。

そんなこのごろ、ちょっと気持ちが上向きになったこともある。最近、初対面のひととお会いすることが多いのだが、「ブタさんってほど太ってないじゃないですか〜」と言ってくださるかたもいらしたのだ。「しなびてる」といっても、それはあくまで心境であって、肉体のほうはしなびるどころか……なのに、ありがたいお言葉だ。

「そ、そっすかねえ。でへへ」と、私は少しやにさがった。

それで私は弟に、「お母さん、血糖値が高いらしいじゃない。あんたご飯作る手伝いぐらいしなよ」と電話で命令するついでに、「ねえ、私そんなに太ってないって言ってもらったよ」と鼻高々で報告した。弟はそれまで、寝てるところを叩《たた》き起こされ（昼なのに寝てる）、電話越しに「ああ、ああ」と、かぎりなく寝言に近い適当な返事をよこしていたくせに、突然「フッ」と笑った。

「それはまあ、マイナスからの出発だからな」

く、くぉの野郎ぅ！

「どどどういう意味よ、それ！」

猛《たけ》り狂う私をよそに、弟はあくまで冷静に、ぴしゃりと言い放ったのだった。

「おまえまさか、いい気になってるんじゃないだろな？　初対面のよそ様が、『うわあ、ホントだ。ブタさんですね』って言えると思うか？　言えないだろ、心で思ったとしても。浮かれてる暇があったら、ブタさんの称号を返上できるよう、たゆまぬ努力をするんだ。じゃあな」

「はい……」

なんだよ、この展開は。私はダラダラしてる弟にガツンと説教するために電話したのに、なぜ昼まで寝てるような男にここまで言われなきゃならんのだ。くそぅ。しかし悔しいが彼の言うことにすごく納得してしまったので、おとなしく電話を切ったのだった。

「弟さんてかっこいいんですか？」と、ウキウキ聞かれることもたまにあるのだが、そういう夢は捨ててください。意地悪という点では、入江直樹（ｂｙ『イタズラなＫ

ISS』）的マーガレット系のヒーローに似てるが、勉強できないし、顔も全然入江くんじゃないので、つまりはただの性格悪いヤな奴《やつ》です。うわあ、サイテーだ。一緒にいるあいだ、「ブタ」とか「鈍《どん》くさい」とか静かに罵倒《ばとう》されまくってもいい、という精神的マゾヒストのかたにはおすすめできるかもしれない。

以前に喧嘩《けんか》したとき、私が涙目になって、

「女の子にそんなにズケズケ言うなんて、あんたなんてモテないんだから！」

と叫んだら、弟は私の抗議を「ふん」と鼻息で飛ばした。

「あのな、おまえほど鈍くさいやつを、俺はほかに見たことないよ。鈍くさいから鈍だ・っつ・ってんの！　わかったか！」

そのスタッカートやめてくれ。心に深手を負い、鮮血を噴き散らしながらドッと倒れ伏したものである。

人生のアップダウン

先週は急に休載してしまい、申し訳ありません。

もしやこれって、週刊漫画誌などでちらほらと目にする、「○○先生急病のため、今週の『ハッスルバニー・ヘンの冒険』はお休みさせていただきます」ってやつか？　この「お詫《わ》びとお知らせ」って、けっこう憧《あこが》れである。「○○先生、またお休みかぁ」「ホントに急病なのか？　原稿を落としただけじゃ……」「いやいや、○○先生を疑っちゃいけない。先生、早く元気になって！」と、さまざまな思いが胸をよぎった子どものころを思い出す。

しかし、先週私がこの連載を休んだのは、もちろん急病のためではない。放浪の旅に出ていたわけでも、部屋がポルターガイストに見舞われ、ついにパソコンが大破したのでもない。原稿を落としたのですらない。なんとなく書くタイミングを逃し、「まあいっか」と、最初から書かなかったのだ。いくら、「ゆるさ限りなし」な連載とはいえ、こんないいかげんな態度でいいのか。いいわけない。面目ない。

ではそのあいだ私がなにをしていたかというと、遊んでいたわけではありませぬ。むちゃくちゃ仕事してました。一週間で短編を三本(枚数にして二百枚弱)書き、エッセイを数本書き、ゲラチェックを大小あわせて覚えてないほどこなし、いまに至る。よくやった自分。どうかしてるよ自分。もう少し計画性ってものを持とうぜ自分。

おかげさまで、体重も恐ろしいほど乱高下。二週間前の時点では八キロも体重が減っちゃってたのに(しかし、ここ数年かけてベスト体重よりも六キロも太ってたのであまり痩《や》せた感じはしなかった)、恐怖の一週間のうちにまた四キロ太っていた。結果、ベスト体重よりもやっぱりまだ二キロ太ってる。敗北だ。

こんなに短期間のうちに、これほど体重が変動して体にいいわけがない。米俵を持ったり下ろしたりしてるようなもんである。そのせいなのかどうなのか、腰が痛い。

私はだいたい、仕事をしているときは太るのだ。食べることしか楽しみがないからだ。それに輪をかけて、今回は近所のマ○ドナルドがキャンペーン中だったのがまずかった。二日に一度はマ○ドナルドを食べてたら、そりゃ太る。『スーパーサイズミー』(この映画は未見だが)を自分で実践してしまってどうする。

そういうわけで、仕事の山を一応は越したから、これからは健康的な食生活に戻そう、と思ったのに、胃が拡張しちゃっていて、すぐには食べるのをやめられない。気がついたら、小麦粉をドバドバ入れたお好み焼きを作り、もりもり平らげていたのであった。もうすぐ春だというのにー！　八キロ痩せたときが、真夏で恋人もいる状態だったらよかったのにー！　物事ってうまく進まない。痩せたことをだれにも気づかれないうちに、またもとどおり以上に太っている予感がひしひしとする。

自分以外のだれも知らないということは、その事実はなかったということである。あ、でも弟は、私が痩せたことに気づいていたと思う。八キロ痩せ当時、ちょっと本宅に顔を出したのだ。そのとき弟は、なにも言わなかった。ところが、四キロ太ってからまた本宅に行ったら、やつめは私を見たとたんに、「おまえ太ったんじゃねえか」と言ったのだ。きぃぃ！　そのとおりよ！　でもさ、「誉《ほ》めてのばす」という言葉があるじゃない。痩せたときには無言で、太ったことばかり指摘されちゃあ、物事に対する意欲ってもんがはなはだしく殺《そ》がれるのだよ。

ああ、そうさ。太ったさ。ヤケになって、冷蔵庫にあった大量の残り物を使って鍋《なべ》を作り、またもやガツガツ食べる。げふり。

まあいいか。体重が（高位置で）安定したってことだからな。いつでもポジティブシンキング。

さて、「火の七日間」であったと後世に伝えられる激戦の最中（なんかちがう）、食を求めてさすらっていた私は、近所の定食屋に入った。さすらってるわりには、近場ですませちゃっている。

この定食屋、近所のおっさんたちが集う、スナックと定食屋の中間って感じの店なのだ。気のいいママがやってるのだが、ちょっと変わっている。私も何度も行っているのだが、行くたびに濃さに圧倒される。まずメニューが変だ。北陸直送の新鮮な魚とか、ママ手作りのメンチカツなどといった定食屋系の和食のほかに、なぜか「手作りピザ」がある。

和食の店なのに、手作りピザ……？

気になるのでピザを注文すると、ママはおもむろに冷蔵庫からピザ生地のタネらしきものを取りだし、ぐいぐいこねる。できあがりまで二十分ぐらいかかるというので、待つあいだに生ビールを注文したら、生は切れてるからとハイネケンが出てくる。メニューにないものがあり、メニューにあるものがないのは、この店ではフツーのことなので、私ももはや動じない。ママは常連客のおっさんとしゃべりながら、ゆっくりゆっくり生地に具を並べる。

ハイネケンをとっくに飲みほしたころに、ピザが出来上がる。もう一杯ビールを注文する（ママの戦略にはまっている）。どの料理もおいしいのだが、このピザがまた、けっこうおいしいのだ。あんなにいいかげんに作ってたのに！　やるなママ。

　ママは注文の品を作り終えると、常連のお客さんのテーブルについて、話にますます花を咲かせる。その前に、私のいるテーブルに載っていた換気扇をどかしてくれる。換気扇の掃除を途中にしたまま、常連客との話に夢中になって放置してあったものだ。

　常連客との会話を聞いていると、ママがなかなかの切れ者であることがわかる。ものすごく聞き上手なのだ。嫌味がなく、相手の話にふんふんと感心してみせ、話題をうまく転がしていく。客がなにを要求しているのか、常に気を配っていて、私のことは放っておいてくれるし、テレビを見たいというおっさんには厨房《ちゅうぼう》の小型テレビを貸しだすし、手持ち無沙汰《ぶさた》そうな客には別の客が注文したワインのコルクを抜かせるしで、八面六臂《ろっぴ》の大活躍とはこのことか、という感じである。

　その夜もママは、私の隣のテーブルの常連客と、濃ゆい会話を展開中であった。議題は生理痛について。なんでやねん。

　客は、いい具合に酔いのまわった三人の中年。一組の夫婦と、その友だちの男性という内訳だ。ママの人柄のためか、この店ではみんなあまりお下劣な話はしない。和気あいあいとお酒と食事を楽しむ雰囲気である。だから、この三人プラスママも、真剣に生理痛の話をしていたのである。

「もう私はさあ、ほんっとに生理痛がひどくて」

と、中年女性が言う。「会社に行かなきゃならないのに、薬を飲んでも全然きかないのよ」

「そうだなあ、おまえはいつものたうちまわってるよなあ」

と中年夫。

「俺のかみさんなんて、いつもケロッとしてるけど、ひとによってずいぶん違うんだねえ」

と中年友人。

「そうよぉ」

とママ。「あればっかりは、同じ女性でも痛みの度合いが違うから、なかなか理解されなくて困るのよねえ。ウコンがいいっていうから試したり、私も苦労してるわ」

「え、ウンコ？」

と、お約束の発言をかます中年夫。みんなスルー。

「ねえ、あんたはどう？」

と、ピザを食ってる私に突如として話題を振ってくる中年友人。

「え、私ですか？　自慢じゃないけどかなりひどいほうだと思いますね」

「あらそうなの？　大変よねえ」

同情してくれる中年女性。

そこからはもう、食事中なのに生理話で大盛りあがりだ。どの薬がいいかとか、どんな体操を試みたかとか、生理のときには男性にどう接してほしいかとか、生理前にはものすごく眠いし太るよねとか、定食屋なのに女子校みたいなことになった。女子校と異なるのは、店にいた男性陣がすべて、会話に参加してきてることだ。

うちのかみさんはすごく不機嫌になって手に負えないとか、そりゃあんたがもうちょっと広い目で見てやらにゃあかんとか、うちの会社の女の子がしょっちゅう生理休暇取るんだけどあれどこまでホントかなとか、生理を隠さなきゃいけないもののように扱う文化が逆に生理を楯《たて》に取る女を生みだしてるんだとか、みんな熱弁をふるっている。

いつものことながら、なんだこの店。

気づいたら一時間も生理の話をしていて、結局食べたんだか食べないんだかわからない消化具合で店を出たのであった。ママはなんでだか、初回から私が家で仕事をしていることを見抜いていて（たぶん平日にボロボロの恰好《かっこう》で行ったからだろう）、その夜も、「これからまたお仕事？　がんばってネ♡」と言って送りだしてくれた。

ありがとうママ。がんばるよ。

スナックで痴情がらみの発砲事件とかあるたびに、私はこの店のことを思う。さびしい有象無象が集う店。魅力的なママ。わかるような気がするんだなあ、スナックで流血沙汰が起こる理由が。

こんなことがわかるようになるとは、高校生のときには夢にも思っていなかったのだが。

時間も場所も超越した境地

またまた更新が遅くなって（時間単位じゃなく、曜日すら違うほど遅くなって）、まことに申し訳ございません。

どうしてこういうことになったのかというと、日曜日に、日曜日だということを忘れていたのである。昼過ぎぐらいまでは覚えていたのだが、それからいろんな用をすませ、「ふぅ。今日も一日、充実した動きを見せたぞ自分」なんて満足しつつ、夜の十時頃に後顧の憂《うれ》いなく就寝。月曜の朝六時に起きてパソコンを起動し、「あの〜、原稿までですか？」というメールを見つけて、ぎゃふんってなもんである。

後顧の憂いありまくりなのを忘れ、早々と就寝してる場合じゃなかったぜ。

しかし月曜は、朝から一日外出の予定があったので、更新がいまになってしまったわけです。長い言い訳でした。まことに申し訳ございません。

さて、月曜になにをしてたかというと、文楽を見てきたのである。これがまた、すごくおもしろかった。昔のひとは、どうしてこんな話を思いつくことができたのかしら。

『源平布引滝《げんぺいぬのびきのたき》』というお話のうちの、いくつかのシーンを見たのだ。源平合戦の時代を舞台に、いろんな人々のいろんな思惑が絡《から》まりあうストーリーで、観客は登場人物と一緒に憤《いきどお》ったり涙したりせずにはいられない。

しかし古典を見るためには、やはり一度、きちんと『平家物語』を読まないといけないなと思った。いろんな話の基礎に『平家物語』があることが多いからだ。私は『平家物語』を、古文の授業などでちょっとかじった程度なのだが、その印象は「なんだかみんなが男惚《ぼ》れしてる」というものである。「今井の行方を聞かばや」とか。

「この『聞かばや』は、『聞きたい、知りたい』という意味です」などの、古文の先生的解釈はどうでもよくて、「なんで木曾《きそ》義仲《よしなか》は、乳兄弟の今井くんの行方をそんなに気にするのか」ということのほうが、俄然《がぜん》気になるではないか。うーむ、読むしかない。

『源平布引滝』は単純に言うと、敗走する源氏の人々が、自分たちの旗を必死に守り、平清盛から追討の命を受けた平氏方がそれを奪おうとする、という筋書きである。私が見たシーンでは、小まんという女性が、バッタバッタと平氏の侍をなぎ倒し、源氏の白旗を口にくわえて琵琶湖《びわこ》を泳いで逃げていた。驚くべきパワフルさである。

この小まん、年は二十三、四歳らしいのだが、すでに太郎吉《たろきち》という七つぐらいの男の子の母だ。昔では普通のことなのかもしれないが、人生の展開があまりにも早かったんだなあと、それもまた驚きだ。

逃げようとして琵琶湖で溺《おぼ》れかかった小まんは、運悪く平氏の船に助けあげられる。「死んでもこの旗は離さん！」という意気込みを見せた小まんは、旗ごと右腕を切り落とされてしまう。ぎゃー、痛い！

さて、小まんの息子の太郎吉と、小まんの父の九郎助《くろすけ》は、川で漁をしていて偶然、旗を握ったままの小まんの腕を拾う。さらに、右腕のない小まんの死体も家に運びこまれてくる。

「がーん！　母ちゃん死んじゃったんだ！　旗を握った腕は、母ちゃんの腕だったんだ！」

まだ小さいのに、衝撃の事実と直面する太郎吉。事情がものすごく複雑なので、細かい説明は省くが、「とにかく腕を死体につないでみよう」ということになる。

切り落とされた腕に旗を持たせ、死体につなぐと……。なんと、小まんが生き返る！

ドロドロドロと幽霊出現のときのお約束の効果音が流れるなか、むっくりと起きあがる小まん。「旗はどうなった」と言い、「太郎吉はどこにいる。太郎吉に言いたいことが……」と、息子を案じる小まん。「母ちゃん！　俺はここだよ！」と泣いて母親に取りすがる太郎吉だが、小まんは息子がそばにいることを認識できぬまま力つき、またぱったりと死んでしまうのだった。

哀れなのはたしかだが、ゾーッとするほど怖いシーンでもある。小まんを一瞬だけ生き返らせた原動力が、彼女の「執念」なのだと、すごく伝わってくるからだ。「息子と感動の再会」にはならず、「母ちゃん、俺はここだよ！」「太郎吉、どこにいる」と互いにひたすら一方通行なのが、いくら生き返ろうとも、すでにあの世とこの世に隔てられてしまっていることを象徴している。

こんなことなら生き返ってくれないほうが、かえってつらさも少ないのではないか。よみがえったり、生き返ったり、幽霊になってもきみに会いにいくよと言ったりというのは、現代では「偉大なる『愛』の力で成し遂げられる奇跡」と解釈されることが多い気がするが、昔のひとは、自然の摂理に反するそうした現象を、「執念」が起こすものと考えていたふしが見受けられる。

ロマンティックな幻想が入る余地はまったくなく、昔のひとにとって死は死であり、生は生なのだ。その厳然とした事実を、こんなふうに「残酷なまでの一方通行」で表現するなんて、ホントにすごい。文楽を見るたびに、いくつもシャッポを脱いでしまう。脱いだシャッポが、そろそろエッフェル塔の高さにまで迫る勢いだ。

このごろ私は、「ひとつのことに邁進《まいしん》しているひと」と、いろいろ話す機会が多い。文楽にたずさわる人々もそうだし、小説の下準備で取材した人々もそうだった。自分の一生をかけて、ある高みへ到達したいと日々精進しているひとたちだ。彼らの決意と、たゆまぬ努力が、見るものに感動を与えるのである。

それで思ったのが、「私も一芸に秀《ひい》でたひととつきあいたい」ということだ。崇高な境地を目指して努力するひとを前に、いきなり俗世の欲にまみれたことを考えてしまっていて恐縮だが、偽らざる現在の我が心情がこれである。

これまでずっと、「つきあうなら、人間的にバランスの取れたひとがいい」と思ってきた。だけどよく考えれば、というか、考えてみるまでもなく、バランスの取れた人間などいないのだ！　自分を省みれば、そんなことは明白だったのに、なぜ存在するわけもない幻を追い求めちゃってたの、私は。とんだ時間の無駄遣いをしてしまった。

バランスの取れたひとなどいないのならば、いっそのこと、すごーくバランスの悪いひとと親しくなりたいと、ここにきて好みが方向転換したのである。

そういうわけで、いま狙《ねら》いを定めているのは「てっちゃん（鉄道オタク）」だ。いや、具体的な対象人物はいないのだが。「てっちゃん」って、つきあう相手として理想的なステキさがある、と勝手に夢想している。

友人Hの夫のえなりさんは、鉄道大好き人間らしく、放っておくと静かに時刻表を読んでるそうだ。読むの……？　時刻表を……？

さらに、Hに向かって開いた時刻表を指し示し、「見てごらん。ここには物語があってね」と語りだすらしい。物語があるの……？　時刻表に……？

Hに限らず、結婚相手や恋人が実は鉄道オタクだった、というひとの話はちらほら耳に入るのだが、みんななんだか楽しそうだ。まず、旅行の計画は相手にすべて任せておけばいいらしい。たまに、電車を待つ時間が異様に長かったり、変な乗り換えをしたりするので、「どうしてかな」と思ってると、わざわざ特別列車に乗りたいがための所業だったことが判明したりするそうだ。「この車両はね」とかウンチクをたれてくれるので、旅のあいだ退屈することはない。

ただ目的地に行って帰るだけではなく、ゆったりと行程をも楽しむ。まさに旅の醍《だい》醐《ご》味《み》ではないか。さすがてっちゃん。彼らと共にいれば、豊かな旅の時間を過ごせること請け合いだ。

私はてっちゃんを見くびっていて、「でも、頼りになるのは国内旅行だけなんでしょ？」と考えていた。甘かった。鉄道好きの人間は、全世界の鉄道にすごく詳しいらしい。だからオーストラリアに行っても、嬉々《きき》として電車に乗りまくるらしい。てっちゃんとは、地球規模で頼りになる知識の持ち主なのだ。

あれ、でもそうすると、鉄道がない場所（たとえば沖縄とか）は、てっちゃんの脳内地図では空白なのかな。私は沖縄にも行きたいのだが、そういう場合はどうすればいいのか。とりあえず鹿児島までは、電車に乗ってついてきてくれるのだと思うが、そこから先は一人で行くしかないのか……。

いや、それでもいい。私はいま、てっちゃんとつきあいたい気持ちでいっぱいだ！いつのまに「つきあいたいひと」の話題になったんだ？　私のなかを走る線路は、どうもゆがみが激しくて、どこへ行き着くのか自分でもわからない。

桃色追記。

ウェブマガジンで毎週連載していたエッセイを、取捨選択して収録したのがこの本である。連載は「毎週月曜更新」(正確に言うと、「日曜から月曜にかけての夜中ぐらいに更新できるといいね」更新）を謳《うた》ってたのだが、この時期、私は勤労意欲が著しく低下し（わりといつものことだが）、時間感覚がおかしくなっていたので（わりといつものことだが）、しょっちゅう原稿を書き忘れていた（わりといつものことだが）。

しかしそんなふやけた精神に、「てっちゃん」たちが喝を入れてくれた。この回を掲載した直後から、抗議のメールが続々と（三通ほど）送られてきたのだ！　三通のうち一通は、H経由でえなりさんからだ。

てっちゃんたちの言い分は、次のように要約できる。

一、沖縄には鉄道がある！　モノレールが開通したのだ！（ちなみに俺は乗った）

二、オーストラリアで鉄道というと、大陸横断みたいな長距離移動だから、「電車」じゃなくて「列車」だ。電気じゃなくて、アブラで走るのだ。（ちなみに俺は乗った）

不完全な知識で書いたことを深くお詫《わ》びしたいが、それにしてもすごい情熱だ、てっちゃん！

ついでに言うと、えなりさんの上司は「筋鉄《すじてつ》」と称され、「鉄分濃厚な猛者《もさ》」として崇《あが》められているひとらしい。磁石に引き寄せられる砂鉄のごとく、てっちゃんたちが集う会社なんだな……。

夢加代日記より抜粋

○月二十四日（月）　と思ったら二十五日（火）

子どものころは、時間が経《た》つのがすごく遅かった。

給食の献立がソフト麺《めん》の日（私はソフト麺が好きだった）。運動会（私はその催し物を心底憎んでいた）。先に待ち受けているのが、楽しみであろうと苦しみであろうと、「そのとき」はゆっくりゆっくりと近づいてきて、一瞬の喜び（または辛《つら》さ）を与え、またゆっくりゆっくり去っていくものだった。

でもいまはちがう。

時間はあっというまに押し寄せて、なにかを味わういとまもなく、またあっというまに流れ去っていくものになってしまった。

さっきコンビニに朝食を買いに行って驚いた。

今日は○月二十五日（火）だったのだ！　ガーン！　ってなもんだ。

私は二十四日（月）だと信じて疑っていなかったのに。

また「燃やせるゴミ」を出しそびれたということだ。どうでもいいが、「燃やせるゴミ」「燃やせないゴミ」というのは、文法的には合ってるかもしれないけれど、その「合ってる」感じに非常に苛立《いらだ》たせられる。やっぱり、「燃えるゴミ！」「燃えないゴミ……」と、ゴミの気持ちになってみるのが、ゴミ問題解決への一番の近道だったんじゃないのだろうか。「文法的に合ってる表現にしたぞ。これで文句ないだろ」という役所の高笑いが聞こえる。「だからおまえらもちゃんと分別しろよ」。

それじゃダメなんだ！　燃やせる、燃やせない、と「分別表」を見ながら決められたとおりに分けるんじゃダメなんだ！　判断を他人の基準にゆだねていては、いつまでたっても地球に明るい未来は来ない。燃える、燃えない、自分で（ゴミの気持ちになって）決めなきゃ！

べつに分別が面倒くさいから言ってるわけじゃあない。

えーと、なんだっけ。そうだ、日付だ。コンビニの出入り口付近に刺さってたスポーツ新聞の日付によると、今日は二十五日（火）なんですって！　どういうこと？

まず日記の日付を書き直さなきゃ。カキカキ。これでよし。

私の二十四日（月）はどこに行っちゃったんだろう。落ち着いてよく考えてみよう。

……なにがどうなったのか全然わからない。

ここのところ、カーテンを閉めっぱなしでずーっと部屋にこもっていたから、昼夜の境も曖昧《あいまい》だし、時間と日付の感覚が狂ってしまったんだ。七十二時間のうちにトータルで三十二時間寝る、みたいな生活だもんなあ。あら、改めて考えてみると、ちょっと寝過ぎ？　寝てる場合じゃないのに！

でも眠くって眠くって。目が覚めてコンビニに行ったわけだけど、だから「朝食を買いに」っていっても、実は外はそろそろお昼って感じだったんだけど、目が覚めるまではたして何時間寝てたのかもよくわかんない。寝る前の最後の記憶は、たしかマク○ナルドを買ってきて食べた、ということだわ。

エンゲル係数が大変なことになってる。摂取カロリーも（でもそれについては考えたくない）。料理を作ってる余裕がなくて、最近ついつい出来合いのお総菜かファーストフードになっちゃってるのよねえ。よくないわ。

とにかくマクド○ルドを食べて、満腹になったら睡魔に襲われて、何時間寝たのかわかんないけど、いま私の二十四日（月）が行方不明になったことに衝撃を受けつつ、コンビニで塩カルビ弁当を買ってきたわけだ。ちょっと待って。マクドナ○ドの次に塩カルビ弁当って、いくらなんでも自暴自棄すぎるんじゃないかしら。

「私、食べても太んない体質なんですぅ」とかモデルが言ってるのを目にするたびに、「そんな物理法則に反したことがあるか。ふざけんなこのやろ」と怒りに燃えちゃうんだけど、自称「太らない体質」のモデルに、私と同じ食生活をさせて真偽のほどを明らかにしてやりたい。

食べりゃあ太るんだよ！

「人間が猿から進化したなんてありえなーい。少なくともあたしは神さまが作ってくれたのよ」と言うのと同じぐらいの傲慢《ごうまん》な発言かましやがって。猿に失敬だろ。いけない、これは「暗黒日記」ではない（それはまた別につけてる）。「夢加代日記」よ。私の名前は加代じゃないけど、まあ、そこはそれ。

シーット！　この塩カルビ弁当、「レモン塩だれ」がついてないじゃない！　あのコンビニの店員、チンするときにはずして、そのまま忘れちゃったんだ。ふ・ざ・け・ん・な。「レモン塩だれ」がない塩カルビ弁当なんて、ピクルスの入ってないビッグマック、いやちがうな、鍋《なべ》にチーズの入ってないチーズフォンデュみたいなものなのに。チーズフォンデュって食べたことないけど。

あーあ。地球上に存在するすべての呪法《じゅほう》の力をもって、あのコンビニ店員に災いがふりかかりますように。まあいいや。冷蔵庫にあったポン酢で食べよう。むしゃむしや。……あっためかたがぬるい。まあいいや。むしゃむしゃ。

ところで問題は、今日が二十五日（火）だってことだ。

しめきりにまにあわない。

○月二十六日（水）
日記なんて暇な老人が「十年日記帳」につければいいんだ。

この生活のどこに、日記に書くような出来事がひそんでいるのか、だれか教えてほしい。

○月二十七日（木）
イースター島に行きたい。

このあいだNさんに会ったときに聞いたんだけど、イースター島ってすごくいいところらしい。いずれエッセイのネタにできるかなあと思って心にとどめておいたが、いまのところどこに書くあてもないので、忘れないように日記に書いておこう。

イースター島に行ったことのあるNさんによると、モアイって驚くほど大きいんだそうだ。脳内イメージを軽々と越えるほどの大きさなんだそうだ。そんな大きな石像が、島の断崖《だんがい》絶壁の上に、海に向かって立っている。というイメージも誤りで、ほとんどのモアイはゴロンゴロンと半ば地面に埋まった状態で転がってるらしい。

すごいなあ。

そしてなによりすごいのは、島民の顔立ちが元イエモンのボーカル、吉井○哉系統だってことだ。

ホントですか、Nさん！　私、色めきたっちゃったわよ。なんていい島なの。

モアイは、万博とかでも引っぱりだこらしい。そりゃそうだよなあ。あんな謎《なぞ》めいた巨大石像、ぜひパビリオンに飾りたいものだもの。それで、世界中に貸し出されていくんだけど、律儀《りちぎ》にちゃんと返してくるのは日本ぐらいなんですって。

だけど、その律儀さが思いもよらぬ事態を引き起こすこともある。

モアイを島の元あった場所に戻すために、日本人はクレーンとかショベルカーとかを運び入れたらしい。そんで、操作法を島のひとにも教えて、クレーンもあげて、帰っていったんですって。そんな重機器をまた持って帰るよりも、置いていったほうが安上がりなんだろうな。

島のひとたちはもちろん、「すげえ、これおもしろいよ！」って、クレーンに夢中。地面に埋まってるモアイをどんどん掘り起こして、次々に立てはじめてるらしい。考古学的な測量をきちんととか、もちろんいっさいナシ。「今度は俺にやらせて！」「ずるいぞ、次は俺だぞ！」ってな感じで、我先にとモアイを直立させる。

さらに、変な帽子をかぶってるモアイがいるじゃない。あの帽子（もちろん巨大）もそのへんに落ちてるらしいんだけど、クレーンで帽子を拾って、勝手に適当なモアイにかぶせちゃってるそうだ。「このモアイ、前に来たときは帽子なんてかぶってなかったよね……」っていうのが、島のそこここに立ってるそうだ。

ブラボー！

いいよ、すごくいい島だよ。

イースター島に行きたい。

○月二十八日（金）

○月二十九日（土）
昨日の日記が空白なのにはわけがある。

飲んでたらまた終電を逃し、家に帰れなかったのだ。飲んでる場合じゃないだろ。

そんなことはわかってる。もうなにも言わないで。なにか言ってくれるひとがいないから、自分で言ってみる。わかってるわ、もうなにも言わないで。

Hと炭火焼きを大食しながら、ワインを二本あける。一人一本ワインを飲むのに、三時間。ちょっと酒に弱くなったんじゃない、あたしたち。

なんの話題が出たんだっけな。私は主に、気づいたら十二時間もネットサーフィンしてたとか、そういうアイタタ系の話をしてた気がする。しょうがないんだよ。いま私は恋の炎に焼かれるジャンヌ・ダルク状態なんだから。生活も金も社会的信用もすべてをなげうっても惜しくないと、殉教を辞さぬ覚悟でネットサーフィンしてるのだ。

神よ、憐《あわ》れみたまえ！　キリスト、憐れみたまえ！

ミサの文句を唱え、赤ワインで乾杯。これは私の血の杯。あなたがたと多くのひとのために流されて、罪のゆるしとなる新しい永遠の契約の血である。覚えてるもんだなあ、ミサの言葉。

そんな話から、ちょっと真面目《まじめ》に宗教と葬式について論じあって、そのあとは……。

そうだ、「あんた、結婚したら？」と言われたんだ。相手がいればいつでもする。

私はこのごろ、結婚はすっとばして、すでに子どもについて考えてるのだが、「いいな」と思うひとの精子が売りにだされてたら、二千万までは出す。ローンを組んで。マンションかよ。

風呂《ふろ》に入ってるときなどに、こんなことを至極真剣に検討してる自分に気づき、愕《がく》然《ぜん》とすることがある。私はいつからサタンに魂を売ったのだろうか。さびしいのなら犬でも飼え。でも、さびしいからといって飼われる犬も迷惑だろう。いわんや子どもをや。

満たされぬ部分があるのは当然のことで、それはなにも悪いことじゃない。おそれることはない。

さびしさを受け入れ、輝くものに転じさせる強さと覚悟がくじけることをこそ、おそれるべきなのである。

恋の炎に焼かれて、脳髄まで消し炭にしちゃってる場合じゃない。

Hはタクシーで帰宅。私は始発を待つべく、駅前の和民《わたみ》に移動。一人飲み会に移行しつつ仕事をする。「すいません、すいません」と店員に肩をゆさぶられて気づいたら、朝になってた。居酒屋のソファに横たわって、自分ちみたいにリラックスしてガーガー寝てるってどうなんだ、もうすぐ三十歳。愛してくれるかい？

○月三十日（日）

もうなにも書くべきことはない。

身の破滅だからだ。

あ・ら・ゆ・る・し・め・き・り・に・ま・に・あ・わ・な・い！

探さないでください。って、探してくれるひともいないが、先手を打って言ってみた。

探さないでください。イースター島にいます。

桃色追記。

本文中に「恋の炎に焼かれるジャンヌ・ダルク状態」とあるが、恋の対象がいったいだれなのか、勘のいいかたはすでにお察しのことだろう。

このあとを読み進むと自《おの》ずと明らかになるわけだが……。私は何度、むくわれぬ恋にうつつを抜かせば気がすむのか。そろそろ、文楽の人形（しかも女の）とか二次元半の男性（テレビやスクリーンの中）とかじゃなく、生身の人間に恋焦《こ》がれりゃいいものを。

三章　人格ランドスライド

寒風吹きすさぶ摩周湖のほとり

先週まで仕事でバリ島にいたのだが（冗談じゃなく、本当だ。イースター島で吉井○哉似の男性と恋に落ちる夢は破れ、かわりにバリ島で山に登った。なんでだ！）、今週は北海道に行った。友人Iちゃんの結婚披露宴のため、腹ちゃん（仮名）と一緒に北の大地を訪れたのだ。この移動距離、この寒暖差。私は渡り鳥だろうか。ふだん動かないもんだから、環境が目まぐるしく変化することに、心も体もなかなかついていってくれない。

バリから帰った翌日、もはやなにがなんだかわからない脳みその状態で、羽田空港に向かった。腹ちゃんとどこでどう落ち合ったのやら、すでに覚えていない。たった数日前のことなのに、記憶が曖昧《あいまい》である。

とにかく、気がついたら私は腹ちゃんと、札幌行きの飛行機に乗っていた。腹ちゃんは、二日前にドイツから帰ってきたばかりだという。お互いになんとなく、「第一線でバリバリ働いてるひと」のようなスケジュールだ。どこの第一線なのかは定かでないが。

腹ちゃんは、

「しをんちゃん用のおみやげに、ドイツワインを買ったんだけど、重いから持ってこなかった。私が飲んどくね」

と言った。うーん、お気持ちだけで充分ですけど、それは「しをんちゃん用のおみやげ」ではないね……。私は腹ちゃんに、バリのおみやげとして四千九百ルピア（日本円にして七十円弱）のお香をあげた。どっちもどっちだ。

札幌行きの飛行機は、非常に揺れた。私は恐怖に打ち勝つため、意地になってスポーツ新聞を読みつづけた。朝の食卓で小言を並べる妻に対し、「おまえの言うことなど馬耳東風」とばかりに新聞を広げる中年男性の心情を、百倍ぐらい強固にした感じの意地であった。俺は新聞を読むと決めたのだ！　なにがあってもこの新聞は離さん！

シートベルトサインは灯《とも》りっぱなし、「気分が悪くなったときには、トイレには行かず、座席前方に入っているゲロ袋をお使いください」と機内アナウンスが流れるなか、最大級の集中力を発揮して揺れる文字を追う。おかげで、ものすごく疲れた。新闇になにが書かれていたかは、いまとなっては全部忘れてしまった。

私が恐怖と戦っているそのころ、隣で腹ちゃんはグースカ寝ていた。無事に着陸したあと、

「すごく揺れたねー。こわかったよぅ」

と訴えても、彼女は「はあ？」と鈍い反応しか返さなかった。なんとも張りあいがない。そのくせ腹ちゃんは、泊まった宿に小さなハサミムシが出現したら、

「早くなんとかして。え、私？　私は虫はダメだから。あなたがなんとかして」

と、静かに恐《こわ》がった（なおかつ、有無を言わさず私に虫の退治をさせた）のだった。

わっかんないなあ。飛行機が落ちたら死ぬけど、ハサミムシに挟まれても死ぬことはないだろ。

恐怖を感じる事柄、および、恐怖を感じはじめるレベルというのは、どうもひとによって全然違う。怒りや喜びや悲しみを喚起される事物やそのレベルというのは、だいたい共通しているような気がするが、自分以外のひとがなにに恐怖を感じるかというのは、ちょっと推測不能だ。

思いがけないものに恐怖するひとを見て、私は驚くことが多々あるのだった。友人知人も、飛行機や海の底や絶叫マシンや尖《とが》ったものの先などを異常に恐がる私を見て、

驚いているだろうけれど。

さて、空港でレンタカーに乗りこんだ腹ちゃんと私は、無軌道かつ無計画に、北海道を旅しはじめた。のんびりと牧草を食べる牛。つらなるゆるやかな丘。「しばらく道なりです。三十四キロメートル先を左折してください」などと案内してくるカーナビ。すべてが「まさに北海道」という感じで、腹ちゃんは一般道でスピードを出しすぎなわけで、しかもレンタカーの整備が不全でハンドルをまっすぐにしていても車体はどんどん左に走っていってしまい、母さん、今日も空が青いです。ちなみに腹ちゃんは、『北の国から』を一度も見たことがないと言う。あんたホントに日本で生まれ育ったのか。生育途中で、気づかぬうちにフランスかどっかに行ってたんじゃないか。

Iちゃんの披露宴は、然別湖《しかりべつこ》の湖畔にあるホテルで開かれる。しかし腹ちゃんと私は、然別湖というのがどこにあるのか、いまいちわかっていなかった。「北海道に来たからには」という理由だけで、摩周湖まで行ってしまう。新千歳《しんちとせ》空港が名古屋で、然別湖が長野だとしたら、摩周湖は福島である。このたとえも絶対に間違ってるとは思うが、とにかくそんな感じの位置関係だ。

しかも摩周湖が、晴れていた。霧なんてかけらもなく、すべてを見渡すことができた。

「ままま、まずい。これはまずいだよ！」

と、ぶるぶる震える私。「『霧の摩周湖』じゃないと、結婚できないだか婚期が遅れるだかいう言い伝えがあるだよ」

「そんなの嘘《うそ》でしょ」

と、一刀のもとに切り捨てる腹ちゃん（独身）。

わっかんないなあ。占い師と霊能力者の言うことは信じるくせに、どうして摩周湖の伝説（？）には耳を貸さないのさ。

「だいたい、しをんちゃんは結婚したいわけ？」

「いや、特に」

と言ってしまってから、「そうだ、祖母の家の近所に住むばあちゃんに、アドバイスをもらってたんだっけ」と思い出す。そのアドバイスとは、「『結婚したくない』とは決して言うな」というものである。

「『いいひとがいれば、結婚する気ありありです』と常日頃アピールしておけば自《おの》ずと、『そういえば、あの子が相手を探していたな』と、男性を紹介してくれるひとも現れる」

のだそうだ。なるほどー。私に欠けていたのは、「結婚するのもやぶさかではない」という姿勢だったのだ（それだけじゃないのは確実だが、ほかに欠けているものについては目をつぶる）。

でも、ばあちゃんはこうも言った。

「かといって、だれかれかまわず『結婚したい』と言ってまわるのも下の下の策だ」

むずかしいなあ。匙《さじ》加減がよくわかんないから、やっぱり「いや、特に」でいいや。

と、摩周湖のほとりで結論が出たのである。いまさら腹ちゃんに「やぶさかではない」素振りを見せたところで、「素振り」だということは簡単に見抜かれてしまうだろうし。

腹ちゃんは、

「じゃあ、摩周湖が霧で見えなかろうと丸見えだろうとどっちでもいいじゃない」

と、実に明快に言い切ったのだった。腹ちゃん最近、「やっぱり結婚しようかなあ。どうせならお金のあるひとがいいんだけどなあ」なんて、むちゃくちゃ俗っぽい発言をしてたくせに。なぜ、晴れた摩周湖を見ても、これっぽっちも動揺せずにいられるのだ。

結婚がらみのジンクスのようなものは、私はたいがい「凶」と出る。摩周湖もそうだし、出雲《いずも》で「これは絶対に当たる」と言われた占いもそうだった。神社の池に、紙に載せた小銭を浮かべ、沈んだ場所で結婚の時期を判定するものだ。一円玉を載せても、沈むひとはすぐ沈む。私は念のため十円玉（重いから）を載せて紙を浮かべたのに、いつまでたってもちっとも沈みやしなかった。最後には十円を載せたまま紙が池の向こう岸にたどりついちゃって、見ていた神主（？）に「そんなひと滅多にいないよ」と爆笑された。来世あたりには結婚できるのかもしれない。やんなっちゃうなあ、まったく。

私は阿寒湖でマリモを買った。大事に育てて大きくするんだー。植物ばかりが増えていく私の部屋。音を出す生き物が欲しい。風に吹かれて葉っぱが鳴る、とかじゃなくて、自発的に音を出す生き物が。

腹ちゃんと私は、めでたく然別湖にたどりつき、Iちゃんのめでたき結婚の宴に参加することができた。然別湖周辺は、自然がほぼ手つかずのまま残っているそうで、道にはキタキツネがいた。しかもいまの時期は、紅葉がとても美しい。北海道のおすすめスポットである。

景色を堪能《たんのう》し、友だちと一緒に友だちの結婚を祝えて、とても楽しい数日だった。やはり旅はいいな。しかし、さすがに疲れが出たらしく、いつも地震が起こってるみたいに足もとがぐらぐらするので、これからあと数カ月はどこにも行かずに部屋にいようか、とも思う。マリモと一緒に。

秋だから

バリ島と北海道の共通項といえば、「木彫り」ではないだろうか。

いままであまり気がつかなかったのだが、私はどうも妙ちくりんな木彫りが好きらしい。バリ島で道を歩いているとどうしても、変な布袋様《ほていさま》やエセ・アフリカンな木彫り(バリ島なのに、『動物のお医者さん』の漆原《うるしはら》教授が好みそうなアフリカテイスト)などに、いつのまにか目を奪われてしまっているのだ。

持って帰るのが大変なので、買うのはグッとこらえたのだが、次に行くことがあったら、自分がどうなるかわからない。スーツケースいっぱいに木彫りを買っちゃいそうな気がする。

北海道もまた、木彫り天国だ。かつてはどこの家にもかなりの確率で置かれていた熊《くま》。アイヌ人形。お土産物屋さんは明るく電気を灯しているというのに、並んだ木彫りのせいでそこはかとなく、薄暗い応接間の香りがするようだ。

しかし、手乗りサイズの狐《きつね》まではいいとして、六十万円もする超巨大な熊の木彫り（二メートルぐらいある）。あれはいったい、どういう客を想定して作ったものなのか。買ってもどこに飾ればいいんだか迷うだろう。

「とりあえずなんでも木彫りで作ってみよう」という精神にあふれているのが、北海道の土産物である。カタツムリの木彫り（五十センチぐらいある）を見たときには、さすがに「なぜ！」と叫んでしまった。目に映ったものを、すべて彫ればいいってもんじゃないだろ。

さっそく腹ちゃんに、

「ねえ、あっちの店のショーウィンドウにカタツムリの木彫りがある！」

と報告したのだが、腹ちゃんは、

「えー？」

と、相手にしてくれない。夢でも見たんじゃないの、と思ってるのがありありとうかがえる。ホントだってば。ホントにカタツムリ（巨大）が……！

「だって、カタツムリは北海道の名物なの？」

と、腹ちゃんが聞いてくる。

「いや、聞いたことないけど。でも、もしかしたら『エスカルゴの養殖日本一』とかかもしれない」

「アンモナイトの化石かなんかじゃないの」

「ちがうよ！　質感は確実に木で、しかも巻いた貝殻部分から、ナメクジみたいなモッチリした顔を出してる姿なんだよ！」

「うわあ、見たくない」

と、腹ちゃんはカタツムリの木彫りの実在を確認してくれなかったのだった。

阿寒湖の湖畔の土産物街に飾られているので、行ったら探してみてください。なかったとしたら、私が幻覚を見たのか、はたまた売れたのか、どっちかだ。あれを買うっていうのもすごいな……。彫りはものすごく精巧だったが、二メートルの熊以上に、飾る場所に迷う作品だもの。カタツムリって、なあ……。

ここ半月ほど、旅先でほとんど常にだれかと一緒にいたせいなのか、家に帰って一人で暮らしているのが、なんだかちょっとさびしい。

腹ちゃんはじめ、友人にも一人暮らしをしているひとはもちろんいるが、家で仕事をするひとはいない。つまり、平日は必ず外に出て、だれかと接する機会がある、ということだ。その点、私は漫画を買うとき以外はほとんど外に出ず、出ても八百屋のおじちゃんと挨拶《あいさつ》するぐらいで……。

シャワーを浴びながらそんなことを考えていたら、「孤独死」という言葉が非常に身に迫って感じられた。じゃあ、子や孫に囲まれて死ねば孤独じゃないのかといえば、そんなことはないだろうとは思うのだが、それにしても、いまの私の生活にはどこか改善の余地があるのではないか。

こういうとき、ひとは習い事をしたり（外界との接点）、ペットを飼ったり（部屋で一人じゃない）するのだなあ、と実感したのだった。え、結婚？　結婚はしなくていいや。いまの生活、ヤングエグゼクティブ（死語？）と結婚して、「うちのひと、仕事が忙しくて全然帰ってこないの。さびしいわ」と言ってる若妻と変わらないと思うから。「夫はいる。ただ帰ってこないだけだ」と脳みそに言い聞かせれば、それで結婚問題など解決なのである。

こういう思考回路が、むなしさを燃料に余計さびしさをかきたてるような気もするな。あー。

だけど今日は、外出してひとと会話した。図書館に文楽のビデオを返却しに行ったのだ。

係のひとがテープの状態を確認しながら、「不具合はありませんでしたか？」と聞いてきたのだが、私は咄嗟《とっさ》に「ないでした」と答えてしまった。

「ないでした、だって、あはは」と、思わず声に出して一人で笑う。しかし係のひとには、「はい、ありがとうございます。次のかた～」と軽く受け流された。以上、本日の会話終わり。なんかのオーディションかい。自分で言って自分で受けて、でも審査員には不評。お笑い芸人の悲哀を味わったのであった。

なにゆえに「ないでした」などと頓狂《とんきょう》な返答になったのか。その理由は私のなかで自明である。

「（テープに不具合は）ありません」と答えるのが、まあ順当だっただろう。しかし、ここで「ありません」と答えるとなんとなく、「本当はあった。ていうか、実は私が不具合（テープを切ってしまう等）を起こしてしまったのだ。でもここは口をぬぐっておこう」というニュアンスが感じられないか？

感じられないよ！　という声が聞こえてくるようだ。たしかに、こうして落ち着いて書いてみると、「ありません」と答えてもべつによかったんだよな、と我ながら思う。現にビデオテープに不具合はなかったんだし、私が不具合を起こしたという事実もないんだし。だが、やっていないのに「やったんだろう」と言われると途端にやったような気になってしまうA型としては、係のひとに不具合の有無を問われた瞬間に、

「不具合はなにもない、という事実を信じてもらわねば」と妙に気を回してしまったのだ。

　それで私は、0・03秒のあいだに、「ありません」という返答を却下し、「ないです」とより強く断定するほうを選択した。ところが、「ないで」まで口に出したら今度は、「『ありませんでしたか？』と過去形で聞かれているのに、『ないです』と現在形で答えるのはいかがなものか。その断定の強さが逆に、『なんかあるんじゃないのか』と、いらぬ疑惑を招くやもしれぬ」という思考がわいてきて、結局「ないでした」に着地したというわけだ。

　0・01秒のスピードの差を競うスポーツがあり、そういう種目の選手は、瞬間の自分の筋肉の動きなども明確に把握できるらしい。「すごいなあ」と思っていたのだが、常人もけっこう日常生活で、瞬間瞬間の意識の流れをつかんでいるものである。まあ、私が勝手に「0・03秒のうちにこれだけの葛藤《かっとう》があった」と思ってるだけで、実際には「ないでした」と言うまでに五秒ぐらいかかっていたのかもしれないが。

　とりあえずは、観察対象が自分しかない現状を打破することが、緊急の課題だ。やっぱり三味線のお稽古《けいこ》を再開しようかしら。でもアパートで三味線の練習ってまずいだろう。三味線の音色だ、とわかってもらえないほど下手だし。

美とは謎《なぞ》があるということだ

若者が利用する喫茶店（いや、カフェというのか）で、友人ジャイ子（仮名）と九時間もしゃべりつづけた。客の出入りが激しい店内の、奥のほうの席に陣取り、テコでも動かない決意で、会えなかった互いの一年間の出来事について語りあう。

しかし九時間というと、一日のほぼ三分の一だ。店内の客の顔ぶれは三十回ぐらい総入れ替えしたし、しまいには店員さんも全員入れ替わってしまった。その日の店の主は、まちがいなくジャイ子と私だったと思う。

「そろそろ私たちがカウンターに立って、『泡立ちコーヒー』をいれる番じゃない？」

「うん。これだけ居座ってるんだから、『当店自慢の味！』も自然に体得できてるころだね」

それでもまだまだしゃべる私たち。愛についての金言が次々飛び出ていたような気がするけど、内容を全部忘れちゃったなあ……。さすがに最後は脳みそと口が疲れて、うまく言葉を発せなくなった。

　こうして爆裂トークを繰り広げる私たちを、隣の隣の席に座っていた三人の男子高校生が、恐ろしいものを見るような目で見ていた。そして会話の一瞬の隙《すき》を狙《ねら》って、

「あの〜、すいません」

　と声をかけてくる。

　なに!? いま忙しいからナンパならお断りよ！　という勢いで振り向いたら、

「写真撮ってください」

　と彼らは言った。あ、写真ね。はいはい、撮りますよ。

　私は、道を聞かれる率と、写真を撮ってくれと言われる率がむちゃくちゃ高いのだが、まさか若者の集う町で、ズボンを極限までずり下げて穿《は》いてるような男子高校生から、カメラマン役を依頼されるとは予期していなかった。

　男子高校生にナンパされるのではなく、写真を撮ってくれと言われるような年になってしまったのか、と感慨にふけりながら、カメラを受け取る。しかし考えてみれば、昔から男子高校生にナンパされたことなどなかったな……。

「なにをどう思い上がって、おまえは自分がナンパされるなどと勘違いしたのだ」

　と鼻で笑うかたもいるだろう。言い訳させてもらいたい。私はなにも、高校生たち

のナンパの対象が自分だと思ったわけではないのだ。てっきり、ジャイ子に声をかけてきたんだと思ったのである。ジャイ子は非常に美しく（ひさしぶりに会ったら、しばらくは目にまばゆかったぐらいだ）、これまでもありとあらゆる場所で男性たちから声をかけられてきた。一緒にいると、周囲のひとの目がおもしろいほどジャイ子にだけ向かうので、ちょっとした透明人間気分を味わえるほどだ。

一度など、お店でお会計をするため、私が代表でレジ前に立って財布を開いてるというのに、店員のお兄ちゃんの目は私の後ろに立つジャイ子に釘付《くぎづ》けだった。「（割り勘しやすいように）お釣りは細かいお金でお渡ししたほうがいいですか？」と、私じゃなくジャイ子に聞く始末。おいおい、失敬だな、きみ！　だいたいいままでこの店で、そんな釣り銭サービスをしてもらったためしなどなかったぞ。

ジャイ子といると、「美しく生まれつく」とはどういうことなのか、非常によくわかる。「美しさはときとしてひとを不幸にする」と言われるが、それは嘘《うそ》である。少なくとも、美しさゆえに不幸になるような美しさは、本当の美ではないのだ。ジャイ子は美しいがゆえに、男たちから鬱陶《うっとう》しいほど愛を捧《ささ》げられ、小さなものから大きなものまで有形無形のサービスを受ける。そして彼女は、それを堂々と享受《きょうじゅ》するだけの度量を持っているのだ。

ジャイ子がもし不幸だとしたら、それは彼女の美しさのせいではなく、彼女が非常に聡明《そうめい》なせいである。つまり不幸というのは、美しいひとにも美しくないひとにも、同等の質をともなって降りかかってくるものなのだ。不幸は美醜を選別しない。ただ思考だけが、不幸を認識するのである。金言だなあ。

ジャイ子本人は、純粋さと変人ぶりがいかんなく同居した最高の性格をしている。並み居るライバルたちを蹴落《けお》として、見事彼女のハートをゲットした男性は、彼女の内面を深く知るにつれ、たいがい「きみって変わってるね」と言うらしい。ジャイ子は、そのことにいたくご立腹だ。

「私のどこが変わってるのよ」

と。いや、それは、ねえ、うん。ちなみに彼女は、高校生のころに一人でラジオ番組を作っていて（「ラジオ番組」と言ってももちろん電波に乗るわけではなく、テープに自分で吹きこむだけである）、その番組名は「サボテン坊や」だったらしい。わけがわからない。

「変わってる、と言われると、それだけで拒絶された感じがして、悲しくなるわ」

とジャイ子は言う。「しをんはひとから変わってると言われたことある？」

「うーん、あまりないと思う」

「そう……。それはあなたが、ひとを自分のなかにあまり踏みこませないからよ」

鋭いな、ジャイ子。私は彼女のこういうところが、とても好きである。

さて、私は三人の男子高校生から、カメラを受け取った。いまどきの高校生なのに、携帯電話についたカメラでもなく、デジカメでもなく、フツーのふるぼけたコンパクトカメラだ。

「押すだけでいいッスから」

と、三人は椅子《いす》に座ったままポーズをつける。私たちと彼らのあいだの席では、女性の一人客が勉強中である。彼女がフレーム内に入らないように角度を調整し、私はシャッターを押した。気取ってポーズをつけていた男子高校生たちも、フーッと姿勢を崩す。

するとジャイ子が、私の手からカメラを取った。

「私も撮る」

え……、と呆気《あっけ》にとられる高校生たちと私。

「いや、一枚あればいいッス」とかなんとか言ってるのを無視して、ジャイ子はカメラを構える。

「撮るねー。はい、チーズ！」

とジャイ子は言い、高校生たちはあわててポーズをとる。ところがジャイ子は、「チーズ」と言ってから十五秒ぐらいシャッターを押さないのだ。

あまりの長い間《ま》に、私はついに見かねて口を出した。

「ちょ、ちょっとちょっと、ジャイ子。『チーズ』って言ったら、すぐにシャッターを押しなよ」

高校生たちも、取り繕っていた表情をダハーッと弛緩《しかん》させる。ジャイ子はまだ真剣にカメラを覗《のぞ》きながら、

「うーん、だってね。ちょっと構図が悪いと思う。ねえ、あなたたち、うまくフレーム内に収まらないから、もうちょっとくっついてくれない？」

「ウッス」

と、素直に椅子を引いて、くっつきあう男子高校生たち。

「よし、いい感じよ。じゃあ撮るねー。はい……あ！（絶妙のフェイント）やっぱりちょっと表情が硬いみたい。笑って笑って」

演技指導まで入る。頼まれてないのにカメラを奪い、ここまで気合いを入れて見知らぬ高校生の写真を撮るジャイ子とは、何者なのであろうか。あいだの席に座ってい

た女性客が、ことの推移に聞き耳を立ててクスクス笑っている。私もおかしくてならなかったが、男子高校生たちはすでに笑いを通り越しておののき気味だ。

「なんなの、このひと」

「変わってるよな……」

と、ぼそぼそ小声で言っている。ジャイ子！　あんた行きずりの高校生にまで変わり者だと見抜かれちゃってるよ！

しかしジャイ子は真剣である。

「はい、おしゃべりしない。目線はこっちよ！」

と厳しく指示し、「はい、撮ります」と、ようやく厳《おごそ》かにシャッターを押したのだった。

高校生たちは、ジャイ子という未知の生命体に好奇の眼差《まなざ》しを注ぎながら、「どうもッス」と挨拶《あいさつ》して店を出ていった。しかし、ジャイ子はもう高校生のことなど忘れて、一年分の出来事を語るのに再び夢中になっているのである。

こうして九時間が経過したとき、ジャイ子は言った。

「やっぱり、一年分の出来事を一カ月分ぐらいに圧縮して、それを九時間で説明するって無理があるよ！　全然語りきれないわ～」

私もそれには同感だが、しかしわからないのは「一カ月分ぐらいに圧縮」の意味だ。一年分の出来事を九時間で説明したのだから、それはつまり一年を九時間に圧縮したということで、突然出てきた「一カ月」という単位は、どこをどういじくって算出された数値なのか。

ジャイ子は謎多き生き物である。

時流に反していまさらへんし〜ん!

最近、私がなにをしていたかというと、『仮面ライダークウガ』のビデオをレンタルしてきては、せっせと見ておりました。そしていま、すべてを見終わったところである。いやあ、噂《うわさ》にたがわず、とってもおもしろかった(いろんな意味で)。

二〇〇〇年に放映されたこの番組を、いまごろ見てるのなんて、もしや私ぐらい……? と、どうしても出遅れ感をぬぐえないが、周回遅れで先頭に立ったということで(?)、大目に見ていただきたい。オタクの辞書に、「流行に乗る」とか「時流に乗り遅れる」とかいう言葉はない! 自分の心が熱くたぎったときが「流行まっただなか」であり、俺を巻きこみ押し流す、時を選ばぬ熱き奔流こそが「時流」なのだ!

なんで『クウガ』が放映されているときに、リアルタイムで見なかったのかというと、朝は眠いからだ。「とにかくすごい(いろんな意味で)」という証言は、いろいろなひとから聞いていたのだが、チビッコ(と一部の成人女性)が日曜の早朝からミレニアムヒーローの活躍に熱狂しているころ、私は寝床にいたのである。それがなんでいまさら『クウガ』を見たかというと、『新選組！』であまりにも斎藤一に心をとられたからだ。つまりさ、仮面ライダーに変身するオダギリジョーを見たかったの。えへ。

『クウガ』のなにがそんなに（いろんな意味で）すごいのかというと……。有り体に言って、男同士の仲がすごくいいのである。

オダギリジョー演じる五代雄介《ごだいゆうすけ》は、自称「夢を追う男」な好青年だ。それってどうなの……。まあいいか。いつもニコニコしている明るい彼は、ひょんなことから仮面ライダークウガに変身する能力を手にする。この「ひょんなこと」っていうのが、ホントに行きずりっていうか通りすがりっていうか、「おいおい、それでいいのか？」という成り行きなのだ。

ショッカーに改造されちゃった初代仮面ライダーの苦悩はどこへ……と隔世の感があるが、しかし大丈夫！　明るく脳天気にはじまったかのように見えた『クウガ』は、どんどん仮面ライダーシリーズの本質、つまり石ノ森章太郎《いしのもりしょうたろう》世界の本質に迫る展開になっていくからだ。ちなみに、「大丈夫！」は五代くんの口癖である。私も見習って、最近は全然大丈夫じゃないときにも「大丈夫！」と言っている。

さて、五代くんがクウガに変身できるようになったのとほぼ同時期に、正体不明の怪人たちが出現しはじめた。「未確認生命体」と命名された怪人たちは、関東近辺で人々を大量に殺しまくる。クウガ＝五代くんの、謎《なぞ》の敵との戦いに明け暮れる日々がはじまった。

その日々における五代くんの相棒が、一条薫《いちじょうかおる》警部補である。もうおわかりかと思うが、こんな名前だけど一条さんは男性だ。演じる役者は葛山信吾《かつらやましんご》。

一条さんは、五代くんがクウガであることに早い段階で気づき、警察機構的にはスタンドプレーもいいところの暴走ぶりを発揮して、あれこれと五代くんの戦いをサポートするようになる。邪《よこしま》な目で見た『仮面ライダークウガ』は、一言で要約可能だ。

「五代くんと一条さんの愛のメモリー」と。

一条さんのことを、最初は「刑事さん！」と呼んでいた五代くんが、「一条さん！」と呼んで犬のごとく懐《なつ》くようになるまでに、そう時間はかからない。この二人、全四十九話のなかで、いったい何回「五代！」「一条さん！」と見つめあったかわからない。

名ぜりふ、名シーンも目白押し。五代くんが一条さんに、「見ててください、俺の、変身！」って、あんたは狼《おおかみ》少女ジェーンを演じる北島マヤか！　じゃ、一条さんが速水《はやみ》さん……？　ほかにも、五代くんの肩にもたれて朝を迎えた一条さんが、「一生の不覚だ……」とつぶやいたり、二人で仲良く早朝から皇居のお堀沿いをジョギングしたりと、もはやなにかを試されているとしか思えないラブラブぶり。私はツッコミ疲れました。クウガは最後に伝説を塗り替えるのだが、この番組自体がすでにオタクな世界で伝説と化しているのも、深くうなずける。

しかし、オタクな目で見なくても、『クウガ』は非常におもしろい作品なのだ。私はもちろん、「この二人は……」という観点からも楽しんだけれど、ともするとそんな邪悪な心など脱ぎ捨てて、仮面ライダー世界に没頭していた。すごく丁寧に作ってあるし、脇役《わきやく》の人物造形もうまいし、構成や脚本もよく練られている。特に、四十六話から最終回直前にかけての暗い盛りあがりなんて、子どもたちは不安で泣き、お母さんたちは感動で泣いたと思う。

もう放映されてから何年も経《た》つので、ちょっとネタバレしてしまう。これから見るというかたは、お気をつけください。

石ノ森章太郎の作品の根底にあるのは、善と悪に明確な境界などない、ということだ。「正義」とは周囲の状況によって定義されるものであり、正義のためにふるった拳《こぶし》も、やはり暴力には違いないのだ、ということだと思う。石ノ森章太郎の心の底に、常に反戦と平和への思いがあったことは、彼の作品から一貫して伝わってくる。仮面ライダーも、最初は悪によって生みだされた存在だった。眼前の敵と自分が、実は同質なものである、という認めがたい現実。それに苦悩しながら戦わなければならないのが、「仮面ライダー」の宿命なのだ。

クウガ＝五代くんも、はじめのころは天真爛漫《らんまん》に、手にした力で無邪気に敵を倒していく。ところが回が進むにつれ、未確認生命体とクウガは同じメカニズムで変身することが明らかになっていき、五代くんは悩みはじめる。「みんなの笑顔のために」と頑張ってきたが（このへんの動機が恥ずかしいほどヒーローっぽい）、自分も敵を殺しているのには違いない。そして、より強くなる敵に対応して、クウガもどんどんパワーアップするうちに、五代くんもやがて未確認生命体と同じ、「戦うための生物兵器」になってしまう危険が出てきたのだ。

強くならなきゃ敵を倒せない。しかし、強くなったら自分も敵と同じになってしまう。「これ、ホントに子ども番組か？」というほど繊細に、五代くんや周囲の人々の葛藤《かっとう》が描かれる。「どんどん強くなって敵を倒してよクウガ！」と思ってたチビッコたちには、なんのことやらよくわかんなかったんじゃあるまいか。

だが結局、五代くんは最後の強敵を倒すために、危険をおして「最強バージョンのクウガ」になることを決意する。もし自分の心を見失って暴走をはじめたら、殺してほしい、と一条さんに頼んで。

最後の戦いに赴くまでのシーンは、無茶苦茶な豪雨である。一話分まるまるどしゃぶりの雨。その雨のなかを五代くんは、「この戦いが終わったら、すぐに冒険の旅に出ます」と親しいひとたちに挨拶してまわる。ま、まさか子ども番組なのに、ヒーローが死んじゃうのでは？　という不吉な展開だ。

そして最後の戦いは吹雪のなか。一面の雪野原だ。そこまで五代くんと一緒に行くのは、一条さんただ一人。おいおい、ほかの警察のひとは？　まあいいか、二人の世界だもんね。

待ち受ける最後の怪人。怪人とクウガのあいだで死闘がはじまった。雪のなかで、激しく殴りあう二体。戦隊物にはメカや合体ロボットが出てくるけど、仮面ライダーは基本的に肉弾戦である。血しぶきが白い雪面に散る。クウガも怪人も、同じ赤い血だ。

ここで私はびっくりしたのだが、最初は「クウガ」と「怪人」として戦っていた二人が、最後はなんと、人間体になって殴りあうのだ。もう、クウガ人形を売りたいスポンサーも、クウガの活躍を見たいチビッコも無視の、大胆な演出。しかし、仮面ライダーシリーズの芯《しん》にあるものを、ものすごくよく表現していると思う。五代くんは黒い服、敵の怪人の人間体は白い服を着ているのが象徴的だ。

人間の姿で戦う五代くんと怪人。お互い、殴られるたびに血へどを吐く。血まみれになって、笑いながら殴りかかってくる怪人に対し、同じく血まみれの五代くんは、泣きながら必死に応戦する。このときのオダギリジョーの表情がいいのだ。いや、贔屓《ひいき》じゃなくて本当に。戦いをずっと見守ってきたものとしては、「あの明るかった五代くんが、悩んだり迷ったりしたすえに、こんな過酷な状況に身を置くことになり、いまや泣きながら戦うはめになっている……」と、画面のなかの五代くん同様、半べそである。

これを見ていたチビッコたちにとっては、衝撃も大きかっただろう。血まみれのヒーローが、生身の姿で泣きながら、やはり生身の敵を殴ってるんだから。私がチビッコだったら、ショックで泣いちゃってたな。だけどその衝撃こそが、石ノ森章太郎が、仮面ライダーという作品を通して描きたかったことなのだと私は思う。

明るくのんきで頼りなさそうなヒーローが、最後は泣きながら戦うことになった『クウガ』。きっとチビッコたちは、大人になっても『クウガ』のことを忘れないだろう。この作品が言いたかったことは、衝撃とともにずっとずっとチビッコたちの心に残るはずだ。

はたして戦いの行方やいかに。五代くんはまた冒険の旅に出られるのか。それはここには書かないでおこう。子ども番組としてギリギリの展開を見せ（いろんな意味で）、子どもの夢を壊さないギリギリの地点に胴体着陸した感じの作品。それが『仮面ライダークウガ』だ。私としては、「ここまで来たんなら、ラストも思い切ってもっと含みを持たせちゃえばよかったのに」と思うが、まあ子ども番組的には明快さも必要だろうから、やはりこのラインで納得しよう。

まだ『クウガ』を見ていなくて、どんな作品なのか気になるかたは、全四十九話をぜひご覧ください。内容的にすごく優れていて、しかも（いろんな意味で）楽しいよ！

いまなら私、クウガの変身ポーズを披露できる。だが問題は、「見ててください、私の、変身！」とやっても、「頼むからいい年してアホな真似《まね》はやめて！」と石を投げてくる友だちしかいないことだ。一条さんが常に見守っていてくれた五代くんとは、そこが違う。

もう〜、だれかクウガごっこにつきあってくれよ！　クウガは愛がない状態で変身すると、憎しみの心にとらわれて邪悪な戦士になっちゃうんだぞ！

壊れゆく私たち

最近、私がなにをしていたかというと、火宅に遊びにきた友人たちに対する、『仮面ライダークウガ』およびオダギリジョーの布教活動に邁進《まいしん》しておりました。もちろんその合間に、彼の過去の出演作もビデオ屋でいろいろ借りてきて、しつこいぐらい鑑賞した。

友人たちは、「なんでいまさらクウガ……！」と、じりじりと後ずさって逃走を図ったのだが、私はタックルをかけて、逃げ遅れた友人Hを見事に捕獲した。朝まで火宅に監禁され、浴びるように酒を飲みながら『クウガ』を見させられつづけたH。彼女が寝落ちる前の最後の言葉は、「い、一条さん……！」だった。あんたは五代雄介か。Hは、オダギリジョーよりも葛山信吾が好みだったらしい。『クウガ』のおもしろさをわかってもらえてよかったが、オダギリジョー布教活動は失敗だ。

ほぼ一週間後。今度は私がHの家に乱入した。いやあ、酔っぱらっちゃってさあ。

自分の家までたどりつけなかったの。深夜に突如転がりこんだ私を、あたたかく（ていうか、諦《あきら》めの境地で）迎え入れてくれるHと、その夫えなりさん。「はい、お水どうぞ。アイスもお食べ」と、かいがいしく世話を焼いてくれるえなりさんまでも巻きこみ、またもやゴンゴン飲むHと私。

「なんか私さあ、友だちの旦那《だんな》さんに、あちこちで無茶苦茶世話になってる気がするんだけど」

「『気がする』じゃなくて、これまであんたは友だちの旦那ほぼ全員に、飲んだ後の尻拭《しりぬぐ》いを確実にさせてるよ」

「やっぱり？　まあいいよね。友だちの旦那は私の旦那でもあるもんね」

「どういうジャイアン理論の発動なわけ、それは！」

迷惑な酔っぱらいと化した私は当然、オダジョーについて熱く語ろうとした。

しかし、

「お願いだから、私のオダジョーへの思いを聞いてよ。こんなに身近な相手をいいと思うのは久しぶりで、ちょっと気持ちを持てあまし気味なのよ」

と切り出した途端に、

「アホかー！　どこをどうしたら、オダジョーを『身近な相手』と思えるのよ！」

と、今世紀に入ってから最高ぐらいのレベルでHに怒られる。

「いや、だってね。日本語が通じる相手なんだよ？　私が好きになるのって、言葉が通じないひとが多かったんだもん。猿の惑星の住人（オリバー・カーンのこと）とかヴィゴ・モーテンセン（俳優）とか」

Hはため息をつき、膝《ひざ》つきあわせて談判する態勢になった。

「あんたの好みって、一貫しててわかりやすいよね。系譜が二種類あるでしょ？」

「あるね。確実にある。ひとつは、顔の皮膚が薄くて、知性と狂気をあわせもってそうで、ちょっと繊細っぽいタイプ。ルトガー・ハウアー、ヴィゴ、オダジョー、それから水谷豊なんかがそうだね」

「水谷豊……。まあいいや。もう一つの系譜は、野獣系でしょ」

「うん。朴訥《ぼくとつ》かつ野獣ってタイプ。カーン、シーマン、日本人だと野獣味がやや薄れるものの、ベンガルや平田満みたいな、ネ」

「あまりにも明快すぎて、かえって根深いものを感じるよ」

Hは、やれやれとため息をつく。私は「えぇー」と、ちょっと不満である。

「Hと私は、これまでも趣味がまったく違ったけど、今回も見事に一致しなかったね。どうしてオダジョーじゃダメなの？」

「どうしてって言われても……。『新選組！』の斎藤一はいいけど、オダジョー自体にはあまり興味がわかないというか」

「でも、オダジョーにつきあってくれって言われたらつきあうでしょ？」

「あんたはまた！　そういう仮定はやめなよ、言われないんだから！　でも、もし言われても、私はつきあわないな」

「信じらんない！」

と私は叫び、えなりさんに同意を求める。「つきあいますよね、ふつう」

「え、うん……」

たじろぎつつも、ガッツで受け止めてくれるえなりさん。「でもほら、このひと（Hのこと）は佐藤浩市が好きだから。佐藤浩市との冬の京都不倫旅行をいつも妄想してるから。好みの方向性がちょっとオダジョーとは違うかもね……」

「ふん、佐藤浩市」

私は鼻で笑う。「あんな、アジのひらきをバリバリ頭から食べそうなひとなんて！」

「あー、ちょっと待って」

と、Hが話を止めた。「また妙なこと言いだしたね。なによ、アジのひらきって」

「今日の私はさあ、電車に乗って飲みの席に向かってるあいだじゅう、オダギリジョーの生活ってどんなだろう、つきあうとしたらどんな交際になるだろうって想像してたんだよ。それでわかったんだけど、オダジョーは朝からサンマを食べるね」

「はあ？」

「サンマを焼いて、ちゃんと大根おろしも作って、それを朝からツルリと食べる感じなんだよ。皿にはきれいに骨が残るのみ！　それに対して佐藤浩市は、骨も残さずにアジのひらきを頭からかじる感じなの。わかる？」

「まず、あんたをわかりたくないよ……」

とHはうめき、

「なんとなく言いたいことはわかりますよ」

と、えなりさんはうなずいた。「それで、三浦さんのなかでは、オダジョーとの交際ってのは、どんな感じになるわけですか」

「でへ、聞きたいっすか？　あのね、三年にいっぺんぐらい、メールのやりとりをする」

「うん。……え？　それだけ？」

と、えなりさん。

「それ、ぜんっぜんつきあってないから！」

と、H。

「いやいやいや、まだあるんだって。私が部屋で仕事してるとね、玄関のほうでガタンって物音がするの。あら、郵便屋さんかしら？　と思って郵便受けを見ると、CDが一枚だけ、袋にも入れてない状態で入ってるの。そのCDにはメモがついてて、『俺が最近気に入ってるCDです。オダジョー』って書いてあるわけ。『まあ〜、忙しいのに届けてくれたんだ。ありがとう！』と思うんだけど、彼の姿はもう影も形もないという」

「……」

Hは深く沈黙したまま、私が来世紀まで生きながらえたとしても、これほどの憐《あわ》れみの目で見られることはもうあるまいよ、というぐらいの視線を送ってよこした。

「あの……」

と、えなりさんがおずおずと挙手する。「オダジョーは三浦さんちまで、どうやってCDを届けにくるわけですか？　電車に乗って？　それとも徒歩で？」

「もちろん徒歩です。そして気配だけを残して去るのです」

「わかります。オダジョーとのつきあいって、そんな感じになりそうだな、というの、よくわかります！」

「でしょー!?」

きゃっきゃと盛りあがるえなりさんと私をよそに、Hが再び怒りを炸裂《さくれつ》させた。

「それは幻想のオダギリジョーだってば！　素の彼は絶対にフツーのあんちゃんだってば！」

「まあ、なにをおっしゃるやら。あなたの好きな佐藤浩市が、郵便受けになにを入れてくか教えてあげましょうか。墨痕《ぼっこん》鮮やかに『人間だもの』ってしたためてある半紙よ。しかも、墨がまだ生乾きなのよ！　だから鼻紙にもなりやしないの！」

「浩市は、そんなものをひとんちの郵便受けに入れたりなんかしない！　つうか、なんの話なのよこれ！」

「わかんない。わかんないけど、大丈夫！　だってクウガですから！」

「そっかー、クウガだもんね！」

ビシッと親指を立て、微笑《ほほえ》みあうHと私。

完！

……もう深酒はやめようと思った（そう思うのは、今世紀に入ってから二百五十三回目ぐらい）。

反省会は毎夜開催中

更新が遅くなってすみません。だけど三百回以上連載してるなかでさあ、一回ぐらい、仕事よりも愛を取ったっていいだろ。遅れたのは一回どころじゃなく、もう三回目ぐらいだが、いいだろ。……よくないか。言い訳でした、すみません。

で、愛を取った私がなにをしてたかというと、がっつんがっつん風俗話。それって愛か？

　とにかく、積年の疑問の一端が少し明らかになったような気がする。私は、「自分が男だったら風俗に行くだろうか」ということを、月に一回ぐらいは想像してみる（多すぎ？）。いまの段階では、「たぶん行くな。少なくとも一回は行ってみるな」と結論が出ている。これは、世の中の（半分ぐらいの）男性が現実に風俗に行ってることに対する私の見解とは、まったく別次元の話で、「そりゃ行っちゃうだろうな」と思うのである。弱い私をお許しください。そういう弱さ（つまり、世の中の（半分ぐらいの」男性が風俗に行き、しかもそこで働いてる女の子に説教しちゃうような弱さや甘え)は、許されるものではないと心の底では感じている。

だが、弱さと屈折に関する考えについては、ここでは深く触れないでおく。エッセイで追求したい問題じゃないからである。私の積年の疑問。それは、「どうして男性はつれだって風俗に行くのか」ということなのだ。

私が男で、本当に風俗に行くことにしたとしても、たぶんだれかと一緒には行かないだろう。だって、すごくプライベートなことじゃないか？　知ってるひとと一緒に行くなんて、ちょっと気恥ずかしくないか？　そう思うのだけど、「会社の仲間と行った」とか「友だち同士で行った」とかいう話が、否応《いやおう》なしに耳に入ってくる。なんで!?　それっていったい、どういうことなの？　一緒に行って、それでどうすんの？

その点がずっとずっと不思議だった。

それで、聞いてみたわけだ。

「友だちと一緒に行って、『俺はこの子にする』とか言って、別室に入るんだよね？　まさか同じ部屋じゃないよね？」

「そりゃ別室だよ」

「そんでまあ、コトをなして出てくる。そのとき、恥ずかしかったりしないの？」

「全然。もう、こんな感じよ（と、親指を立てる）」

「（ガーン！ それってクウガのポーズじゃないのよ、やめてよ！）サイテー！

……それで？ そのあと、どんなふうだったかとか、友だちと話したりするの？」

「そりゃするよ。つうか、反省会は必ずするだろ」

「反省会？」

「時間配分についてとか、まず選ぶ段階でちょっと邪念が入っちゃったなとか、そういうことを検討して、次回に向けての傾向と対策を練るんだよ」

「サイテー！ サイテー！」

たぶん私、数時間のうちに百万回ぐらい「サイテー！」って言った。

「いや、まあ、サイテーだけど、そういうものだって」

なるほど。おお、人間！ この度し難い生き物よ……！（一部の）男性がたの、あくなき探求心と欲望を垣間見《かいまみ》たと思ったのであった。

こういう話を聞くのって、微妙なのである。やはり女として（というか、自分の人間としての倫理観と照らしあわせて）、複雑な気持ちになる。たしか吉田秋生《よしだあきみ》の漫画の一シーンで、「男たちがするシモネタを、キャーキャー言って喜ぶ女。それを見て、苦々しい気持ちになる女」というのがあったのだが、それを読んで、「あるなあ、こういうこと。すごくよくわかる」と思った。

実際に風俗話を聞いてみて、思考停止状態に陥りそうになりつつも、しかしもっと知りたいと思う気持ちも確実に芽生えるのだった。思考を停止させてる場合じゃないだろ、と。風俗について、いろいろ深く考えてる男性がもしいるとしたら、ぜひ話を聞きたい。ただ「ダメ!」とか「俺は行かないから関係ない」とかいうレベルで留まってる見解じゃなく、現実に存在しているその「産業」についてどう考えてるのか、それを聞きたい。

それにしても私、このごろちょっと飲みすぎだ。自重せねばならない。あと、オダジョーが表紙だからって、『メンズ○ンノ』を買ってしまったのもいかがなものか。顔見知りの本屋さんで購入したんだが、思わずほかの雑誌(『装○』とか)ととりまぜてレジに出してしまった。本屋でそんな偽装工作をするのなんて、何年ぶり?エロ本だっていつも堂々と買ってるのに!　けれどそこまでしたにもかかわらず、「あれ、このメンノンも三浦さんが買うの?」と確認される。あちゃー。はじめて『JU○E』を買った遠い日よりも、今回のメンノン購入のほうが、踏み越えてはならぬ一線だったような気がするのはなぜだろうか。

このメンノン、どうしたらいいだろう。表紙とインタビュー記事部分だけ切り取って、残りは弟にでもあげればいいのか（私が欲しいのは、総ページの〇・一%ぐらいの部分なのだ）。しかしパラパラと眺めたところ、メンノンに載ってる服は明らかに、弟の趣味とは違うみたいだし……。うーむ。

と、一人反省会を開くのだった。

そうだ、とてもいいホ〇漫を見つけた。紺野キタの『SALVA ME』（大洋図書）だ。「近ごろおもしろいホ〇漫に当たらないなあ」と思ってたのだが、これはすごく好きだった。ホ〇漫だよな、これ？ 直接的な表現はないので、少女漫画が好きな男性にもおすすめできそうだ。

もう何冊も単行本を出していて、人気のあるひとのようだが、私はなぜかいままで、なんとなく読まずに過ごしてきてしまっていた。ばか、ばか、あたしのばか！ こんなに実力のある漫画家さんをチェックしていなかったなんて、ホ〇漫ハンターとしての使命を忘れてメンノン買ってる場合じゃないわよ！

もちろんこれから、全作品をそろえるつもりだ。探したいものが決まってると、本屋さんに行くのも張りあいがあっていい。素敵な漫画に巡り会う。これ以上の幸せはない。

『SALVA ME』は短編集なのだが、空気感のある美しい絵と、的確なコマ運びで、どの作品も密度が高い。すごく痛い展開にももっていけそうな題材を、あえて抑制をきかせて柔らかく着地させているところも、うまいなあと思う。「痛い話」（人間の暗部をえぐりだす話）って、それらしく書くのは案外簡単なんじゃないか。「暗部に確実に触れているんだけど、そこをどう料理して物語として昇華させるか」のほうが、実はとても難しい。『SALVA ME』は、それに成功しているように見える。

収録作品のなかで、私は特に『天使も踏むを恐れるところ』というのが大好きだった。「あとがき」によると、フォースターの小説のタイトルから取ったそうだが（そしてフォースターも、イギリスの詩人の言葉から引用して小説のタイトルにしたそうだが）、「Where Angels Fear To Tread」を「天使も踏むを恐れるところ」と訳したひとのセンスがすばらしいな。漫画の内容とは関係ない部分だけど、感心してしまったのであった。

『天使も踏むを恐れるところ』は、イギリスのパブリックスクール（らしき学校）で一緒だった男二人が、大人になって再会する話だ。パブリックスクール！　寄宿舎！　英国貴族！　きたきたきたー、少女漫画伝統のアイテムがてんこ盛りできたー！　って感じである。

男Aは当然、男Bのことが好きだった。だけどその思いを胸に秘めたまま世界を放浪し、男Bとはもう何年も連絡も取っていなかったのだ。しかし、男Bが結婚したと聞いた男Aは動揺し、イギリスに帰ってくる。美しい庭園のある館《やかた》を訪ねた男Aは、そこで男Bとその妻とともに、優しく穏やかでありながら緊張感に満ちたときを過ごすのだった……。

こういう話の場合、男Bの妻の人物設定が重要なポイントになってくると思うのだが、この作品はそこが見事だ。男二人の添え物としてではなく、ましてや敵としてでもなく、妻の人間像が細やかに描かれる。『天使も踏むを恐れるところ』の主人公は、実質的には妻なのだ。男二人が、長年の恋心を成就《じょうじゅ》させられるかどうかというのは、むしろサイドストーリーのように思えてくる。

ホ○漫には、男性二人の関係性に物語が集約していっちゃう傾向がどうしてもある。そこがおもしろいところでもあり、同時に、閉塞感《へいそくかん》をもたらしてしまう原因でもあると思うのだが、『天使も踏むを恐れるところ』は違う。「二人の世界」じゃないのだ。

人間関係を描く、という少女漫画（およびホ○漫）の王道にして本質の路線を行く作品だ。短編でここまで描けるって、本当にすごい。

ああー、また意気込んで語ってしまった。反省。

演技力の問題

「ちょっとよろしいか。『新選組！』の総集編を見るべく、我々は今日ここに集ったわけでごわすが」

「うむ？」

「問題がありもっそ」

「なんでごわす。ズバッと言うてくれもっそ」

「じゃあ言うけど、総集編の放映日は、今日じゃなかったよ！　来週だったよ！」

「アホかー!!」

私はHの家の食卓を、ドンガラガッシャンとひっくり返したのである。「それでは、酒を買ってきた私と、料理を作ったあんたの行為は、いったいなんだったんだ！　テレビの前でこうして、『総集編は何時からはじまるのかなー』って思いながら待ってた私たちの行為は！」

「意味があるかないかという観点から、物事を語るのはやめようよ」

「あんたが、『総集編は今日だ』っつったんだろー！」

「今年の総集編の放映がイレギュラーなんだよ！　例年はたしか、最終回の放映が終わった翌週の七時ぐらいから、総集編がはじまってたと思うんだよ！　ていうか、あんたもなんで、今日じゃないということに気づかないの！」

「何度も言うようだが、うちはテレビが映らないし、新聞もとってないから、番組情報がまったく入ってこないんです！」

いばるな、コンコンチキ！　なにをぅ、このスットコドッコイめが！

Hと私は取っ組みあいながら部屋中をごろごろ転げまわり、乱闘を繰り広げたのであった。

やがて、気持ちを落ち着けた私たちは、再びテレビの前に戻った。

「ここに、『源さん、死す』から最終回までのビデオがある。とりあえず、今日はこれを見ようじゃないか」

「うむ、そうしよう」

ガンガン飲みながら、ビデオ鑑賞。たまに号泣。

「いくら涙があっても足りないなあ」

「こんなに酒を飲んでるのに、なんだか私、ひからびてきたよ」

インターバルを置きつつ、八時間ぐらいかけてビデオを見終わる。途中で巻き戻しては、「いまのはじめちゃんの表情よかった！」とか、「この沖田の倒れかたはすごい！」とか、細かくチェックするので、異常に時間がかかるのである。

「さて。私はこのあいだねえ」

と、私は言った。「うまれてはじめて、合コンに行ったんだよ」

「うそ！」

と、Hは言った。

「その『うそ！』は、なにに対する『うそ！』なんだね？」

「いやあ、『うそ、いままで合コンに行ったことなかったの！』とか、『うそ、あんたが合コン？』とか、『それにしても、合コン話はいま全然関係ないだろ』とか、まあいろいろ？」

「ふむ。とにかく行ったのだよ。男女四人ずつの合コンでね。ところが、私以外だれも『新選組！』を見てるひとがいないの。私は局長の最期《さいご》の言葉について、だれかと語りあいたくてたまらなかったというのに！」

「あんた、合コンでまで『新選組！』話をふったの」

「合コンで大河ドラマの話をしちゃいけないのか」

「いけなくはないけどさ……」

「まあ、みんなが『見てません』って言って、その話題はすぐ終わったけどね……」

「盛りあがんない合コンだなあ」

「いや、ほかの話題は楽しくスムーズに進んだから。……そうじゃなくて、問題は、局長の最期の言葉だよ」

「また、めくるめくオタクな妄想がはじまっちゃったんでしょ」

「ちがう。逆に、毒気が抜けたの。『そうだな、かっちゃんの最期の言葉はこれ以外にないよな』と、非常に清らかな心で素直に思えたんだよ。そして、『新選組！』はやっぱり、青春友情群像物語だったのだと、とても感動したのでした」

「たしかに。歴史という俯瞰《ふかん》の視点から人間を描くのではなくて、まず人間ドラマありき、だったわ。しかしあんた、そういうことを言いたくて合コンの場で『新選組！』の話題をふるって、やっぱりまずいよ。だれか見ているひとがいたら、どうするつもりだったの。『逆に、毒気が抜けました』って言って、『毒気って、具体的になんのことですか？』って聞かれたら、どう説明すんのよ！」

「大丈夫。偽名を使ってたから」

「は？」

「偽名を名乗り、偽りのプロフィールを述べて、架空の人物になりすまして合コンに臨んだから。毒気の具体的な内容について説明することになっても、私自身はいたくもかゆくもない」

「なんで架空の人物になりすまして合コンに行く必要があんの！」

「よくわからなかったんだよ、合コンの意味や目的が！」

と、私は叫んだ。「合コンっていうのは、いったいなにが楽しいんだろうなと、自分なりに事前にいろいろ考え、そして結論づけたの。たぶん、はじめて会う異性の前で、ふだんとは違う自分を演じるのが、合コンの楽しくもスリルのある部分なんだろう、と。それならいっそ徹底して、架空の人物になりきってみようかなあ、と」

「わけわかんないよ！　なにがしたかったのよ、あなたは！」

「うーん。野獣になりたい気分だったのかなあ」

「アホですか」

「大変だったんだよ？　幹事役の女性と、一時間半もかけて打ち合わせして、偽造プロフィールを作りあげたんだから」

男性から電話番号を聞かれたときに備えて、プリペイド携帯も買っとこうかなあ、とまで考えたぐらいである。もちろん、だれも電話番号を聞いてきてくれなかったが。

　みなさんとても紳士的で、私は自分の合コンに対するイメージが間違っていたことを悟った。合コンとは、仮面舞踏会みたいなものなのだろうと想像していたのだ。偽りの名前、偽りのプロフィールという仮面の下で、野獣の目がギラリと光る！　テーブルを挟んで、ハンターどもがつばぜりあい！　そんな感じの集いなんだと思っていた。だから、「なーんだ、合コンって、ただの楽しい飲み会のことなのか」と、ちょっと肩すかしを食った感がある。

「そういう野獣系の合コンもあるだろうけどさ」

　と、Hはため息をついた。「あんたが『新選組！』の話題なんかふるから、野獣も牙《きば》を抜かれちゃったんだよ。やる気を失《う》せさせちゃったんだよ！　『架空の人物になりきる』とか言いつつ、ちっともなりきれてない。中身はふだんどおりのままじゃん。偽名と偽造プロフィールはなんのためにあったのやら、だよ」

「名前といえばさ……。はじめちゃんのラストシーンが『名乗り』だったのは、とってもよかったよね。新選組に入ったことによって、はじめちゃんは自分の名前と居場所を獲得できたんだ、ということを、すごくうまく象徴してたよ」

「ごまかすな！　失敗に終わった合コンを直視しろー！」

わかった。今度はもっと頑張って、身も心も架空の人物を演じきる。『新選組！』に出演した役者たちも青ざめるほどの、渾身《こんしん》の憑依《ひょうい》ぶりを見せてやる！

桃色追記。
私にとって二〇〇四年は、大河ドラマ『新選組！』を中心にまわった年であった。最初は、「キャストが脳内イメージと違う」などとブーブー言ってたのに、いつのまにかホネヌキにされ、ついには「二十時間耐久上映会」まで開催。こんなに熱狂して友だちとドラマを見たのははじめてだ。悔いはござらん。

そして今年も終わる

長かった。この一週間、やけに長く感じられた。

仕事して、ちょっと用があって頻繁に本宅に帰って、寝て、大根の煮物を作ったことしか覚えてない。

煮物は妙に甘くなってしまった。しかしまあ食べられるよ、味わうと案外おいしいな、と思いながらパクついた。ついでに本宅にもちょっとお裾《すそ》分けした。そうしたらあとで弟に、

「やばいぐらいまずかった！」

と言われた。

「えー、そう？　私はけっこうおいしくいただいたけど」

「おまえはなんでもおいしくいただきすぎだ！　あの味つけは、すでにご飯のおかずじゃなかったぞ。大根を使った創作菓子（失敗）みたいな味だったぞ！」

「……。ところであんた、なんで顔が黄色くテカッてんの？」

「最近、お肌が荒れ気味なんだ。だから、家にいるときは黄色い軟膏《なんこう》を塗っている」

「不気味だからやめなよ。そんなに荒れてないじゃない」

「顔も洗わずに道を歩くブタさんからすると、これでもピカピカに見えるのかもしれないが、俺の肌は荒れてるんだ。ベストの状態じゃないんだ」

無精髭《ぶしょうひげ》をはやしといて、なぁにが「お肌」だっつうの。しかし弟は、私に対してめずらしく真剣に訴えた。

「この肌荒れの原因は、栄養失調だよ！」

「はあ？」

「このごろ親父《おやじ》もお袋も、血糖値だかコレステロールだかのせいで、家で魚とか豆腐とかばっかり食うんだよ！　俺はまだ若いんだ。肉を食わせろ！　油が足りねえ！　それで肌荒れするんだと思うんだな」

「自分で肉を焼いて食べればいいじゃないの」

「めんどくせえ」

「じゃあ、どうすんの」

「しょうがないから、ビタミン剤を山ほど飲んでる」

相変わらずおバカな子だよ、と呆《あき》れた。

「あんたねえ、そんなにビタミンを摂取したら、かえって体に悪いよ。不自然なことをするから、肌が荒れたんだよ。それより、うちの両親は大丈夫なわけ？　どうして血糖値やコレステロールに問題が発生したの？」

「知るか。年のせいだろ。同じもんを食ってんのに、あいつらだけブクブク肥えたんだよ。それで今度は油の少ない料理を食いはじめて、俺は栄養失調だ。ふだんから、もっと摂生して体型維持に努めていれば、こういうことにはならないのに。ホント迷惑だ」

弟は、自分を律しきれずに贅肉《ぜいにく》を身にまとうなど敗北だ、と考えているのだ。いったいなにに対する敗北なんだよ、と私などは思うが、とにかく弟はおかんむりである。

そこへ、糖尿になっちゃったらしい父が現れた。

「あ、お父さん。いま弟から聞いたんだけど、体は大丈夫なの？」

「しをん、火宅に帰るんだろ？　お父さんが車で送ってってやる」

父は昔から、私の話を量的にも質的にも半分も聞きやしないひとなのだ。ちっとも話が嚙《か》みあわないままに、父の運転する車に乗って、火宅に帰ることになった。

「お父さん、私、弟の顔が黄色く光っててびっくりしたよ」

「ああ、黄色人種だからな」

そういう意味じゃない……。車内に沈黙が落ちる。

車窓から、クリスマス仕様に電飾をつけた家々が見えた。

「今日はクリスマスイブだよ、お父さん！　すっかり忘れてた」

私は年々、クリスマスと無関係な暮らしをするようになっていて、この分では来年の私の手帳には、十二月二十四日と二十五日が最初から印刷もされていないのではないかと、ちょっと心配なぐらいだ。

「どうなのかしらねえ、信者でもないのに耶蘇《ヤソ》の祭りを祝うってのは。ああして豆電球で玄関を飾っているひとたちの先祖も、百五十年ぐらい前には隠れキリシタンを拷《ごう》問《もん》にかけてたかもしれないのにさ。この浮ついた風潮には、先祖も、弾圧されたキリシタンも、草葉の陰で泣いてると思うね」

どうせ父は半分も聞いてないはずなので、言いたいほうだい言ってみる。ところが父は、こんなときばかりは私の話を聞いているのである。

「今日も明日も、なんにも予定はないのか？」

「ないよ。あったら、クリスマスイブに本宅に行って、夕飯にイモの天ぷらなんか食べてないよ。ていうか、糖尿のひとがなんで一緒になって天ぷらなんか食べてたの。

だめじゃん」

車内にまた沈黙が落ちた。

「うちも昔は、敬虔《けいけん》なクリスチャンだったものだがな」

と、やがて父は言った。

「……もしかしてそれは、イブの夜に、子どもたちの枕元《まくらもと》にこっそりプレゼントを置いた、自分の行為について語ってるの？」

「そうだ。おまえはほんっとに信じてたよな。『うわーい、サンタさんが来たんだー！』って。中学生ぐらいまで信じてたんじゃないか？」

「いくらなんでもそれはないよ！　……小学校高学年ぐらいまでだよ」

「ふつう、もっと早くに気づくよなあ」

「夢見がちなんだよ！　ほっといて」

「お父さんはずっと、『この子、こんなにだまされやすくて大丈夫かな』と心配していたんだ」

自分でだましておいて、なんて言いようであろうか。父は言葉をつづけた。

「将来、悪い男にだまされるんじゃないかな、と。いらない心配だったけどな」

「この話のオチはそこかい！」

私は後部座席から、運転席をつかんでガクガク揺さぶった。「どうせ私には、だましてくれる悪い男すらいないよ！　だからなんだってんだ」

「いやべつに。はい、着いた。じゃあまたな」

父は私を車からほっぽりだし、ブイーンと去っていったのだった。

ファッキンメリークリスマス！

そんなこんなで長い一週間だったにもかかわらず、未《いま》だに年内の仕事が終わっていない！

もういい！（近藤局長風）今年はこれにておしまいにする！

みなさま、どうぞよいお年をお迎えください。

ではまた来年！

あたたかく見守りたい

いつもどおりの年末だった、と言えよう。

死国のYちゃんが遊びにきて、一緒にバクチクのライブに行った。あとはひたすら、二人で火宅でウダウダウダウダウダしていた。ちょっと緊迫したムードが漂ったのは、珍しく東京に雪が積もったので、Yちゃんの帰りの飛行機が飛ばないかもしれない、ということになったときぐらいだ。ま、緊迫っつっても、「どーしよー、どーしよー」と、部屋のなかを二人してうろうろしてただけなのだが。

どうしようもなくて、Yちゃんはとりあえず空港に向かうことにした。私も近所の駅まで見送りにいった。結局、飛行機は無事に飛んで、Yちゃんは新年を自分の家で迎えることができた。年越し用の食材などを買い求めていた私は、気がついたら雪で電車が止まっていて、なんか小規模な吹雪みたいになってる町を、一時間弱歩いて本宅まで行くことになった。あたりはすっかり雪景色で、道も埋もれてしまっているので、曲がるべき角がどこだかよくわからず、うーんうーんと悩みながら歩く。ふだんは、物の形とか印象とかを目印に歩いてるものなんだなあと実感する。家への道のりって、体に染《し》みこんだ感覚で無意識にたどっているものだから、周囲が異物(雪)で覆《おお》われちゃうと、途端に心もとなくなる。改めて頭で道順を考えながら歩かなきゃならないからだ。新しいものに替えておいた歯ブラシを、なにげなく持ったときに柄の感触がそれまでと違っていて、「お?」と思うような感じ。

さてこのように、雪という多少のハプニングはありつつ、ありがたくも平和な年末を過ごしたわけだが、そのあいだにYちゃんと私が主になにを話していたかというと、「物陰カフェ」についてだ。

なんの拍子でか、秋葉原とかにあるという「コスプレ喫茶」の話になった。

「メイド服やネコ耳姿の女性の店員さんが、コーヒーやパフェを運んでくれるんやろ?」

「うん、行ったことないけど、たぶんそうだと思う」

「それの男性版はないん? つまり、女性客を狙《ねら》ったコスプレ喫茶は」

「さあ、あるのかなあ。私は聞いたことない」

それで、作ってみようということになった。

「まず、いろんなタイプのいい男をそろえる必要があるね。さわやかスポーツマンタイプから、根暗そうな文学青年タイプまで。少年から渋いおじさんまで。店長はバトラーっぽいロマンスグレーの老人がいいかしら。それとも、ぶいぶい言わせてるような実業家タイプ？」

「ええね。ええんやけど、それだとフツーに女の子たちが店に押しかけてしまうと思うんよ」

「というと？」

「『あの店、いい男がいっぱいいるんだよ。キャー』ということになったら、ホストクラブとの違いがあまりなくなってしまうやん。私たちが作るのは、あくまで『コスプレ喫茶の女性向け版』よ。オタクの女性たちのための店なんよ！」

「ふうむ、なるほど」

と私は納得した。「たしかに、いい男がいるからといって、ホストクラブには行きたいと思わない。オタクの女性（まあ、つまり私）が求めるものは、ホストクラブにはなさそうだわ。じゃあいったいどうしたら、私たちの店は、（オタク女性）客のハートをロックオン！　できるかしら？」

Yちゃんは少しのあいだ、真剣になにやら考えていた。

「コスプレ喫茶では、店員さんと客が会話を交わしたりするんよね？　メイド姿の女の子と、世間話をしたりできるんよね？」

「できると思うよ。店員も客も、同じアニメやゲームを好きだったりするだろうし、話題が合うから友だちになれたりすることもあるんじゃないかな」

「私はいつも、そこが疑問なんよ！」

と、Yちゃんは言った。「男のひとはわりと、好みの女性と親しくしたいと思うものやろ。積極的にというか、ある意味では己れの身の程もわきまえず、気軽に異性と接することのできる場を求めるものやろ。でも私ははっきりいって、好みの男性と親しくなりたいなんて思わんよ。美しかったりかっこよかったりする男性たちがいたとして、その場に自分も入りたいとは決して思わん。むしろ、美しい男たちの仲のいいさまを、そっと物陰から見守ることに喜びを覚えるんよ！」

「わかる！」

と私も激しく同意した。『私などが乱入して、彼らの完璧《かんぺき》にして麗《うるわ》しい友情を汚《けが》してはいけないわ』と、謙遜《けんそん》だか逆向きに出現した自意識だかわかんないけど、妙に遠慮しちゃう部分がたしかにある！　それで遠くからニヤニヤしながら、いい男たちを眺めるだけで満足するのよ。女性向けのホ○物がこんなに人気なのも、女性たちのなかに少なからず、この遠慮と観察の感覚があるからだと思うわ」

「私たちの店を成功に導くためには、女性たちのその心理を突かねばならんのよ」

と、Yちゃんは重々しく言った。「ホストクラブとも、コスプレ喫茶とも違ったコンセプト。それはつまり、カフェスタイルのエプロンをつけて立ち働く従業員たち（いい男）を、遠巻きに眺める、というものよ！　従業員と客との会話は禁止！」

「……お触りは？」

「もちろん厳禁！」

物陰カフェ成立の瞬間であった。

「じゃあいっそのこと、コーヒーとかもセルフサービスでいいかもね」

「うん。おしゃれな店内には、中央に従業員たちが動くスペースがあって、その周囲の柱の陰とかにテーブルがあるんよ。客は好きなテーブルについて、セルフサービスでコーヒーを飲みながら、同行した友だちとしゃべったりする。それだけなら普通のカフェやけど、こっからが違う。客たちの真の目的は、フロア中央にいる店員たち（いい男）を、ちらちらと観察することなのだから！」

「もちろん、店員もそれをわかっているから、いろいろ妄想をかきたてるようなことをしてくれる。でも、やりすぎてはダメよ。乙女心は微妙なものだから、あまりあからさまにされすぎると鼻白んでしまうわ」

「大切なのは『ほのめかし』やね。従業員の控え室には、『ほのめかす』と標語が貼《は》ってあるはずよ。朝礼でも、店長の『今日も一日、しっかりほのめかしましょう！』の号令がかかり、集められたいい男たちは、『ほのめかし！』と唱和。そしてフロアに出る前に、自分に割り振られた設定書きを熟読し、役割を把握するんよ」

「そう、演技力が要求されるわ。物語が重要なのよ。ほのめかす文脈が必要なのよ。優秀かつ美麗な人材集めと、手に汗にぎる筋立て。物陰カフェの成否は、ひとえにそこにかかっている」

「AとBがすごく仲良く働いていたのに、次に物陰カフェに行くと、BはCにちょっかいをかけているんよ。『あら、どうしたのかしら』と、コーヒーを飲みながらも観察をつづけていると、だんだん事情がわかってくる。クールビューティーなAのつれなさに、Bは自分に対する愛情を疑いはじめていたんよ。それで、小悪魔美少年タイプのCに、あえて少し接近してみせていたわけ。もちろんCにはCの事情があって、やはりカフェで働くDにずっとほのかな憧《あこが》れを抱いている。だけど大人の男なDは、職場で恋愛（？）なんて、とCを軽くいなしている。さて、Bの心がとうとう自分から離れてしまったと傷心のAは、『元気ないね。シフトきつい？』とDに声をかけられ、ついBへの思いを打ち明けてしまうのやった。Aを慰め、励ますD。しかしその様子を見たBは、やはりAはDのことが好きだったのかと勘違いし……。とまあ、こんな調子よ」

「もちろん、全部筋立てにのっとった演技なんだけど、演技のつもりがやがては演技じゃなくなり……という筋立てももちろんある、という凝《こ》りぐあい。ご贔屓《ひいき》の店員のだれを眺めていても、ちゃんとそれなりに物語が展開するように考えられているの」

「すごいやん！　絶対にこれで一財産築けるって！」

「あったら行くよね、『物陰カフェ』！」

「私、宝くじ買ったんよ。これを開店資金にしよう」

「当たれ三億円！」

「覗《のぞ》き部屋」という形態の風俗ってなかったたか？　それの群像版じゃないのか、これ。と思いつつも、盛りあがる私たちなのであった。

四章　欲望サテライト

やりきれなさの原因は

『悲しくてやりきれない』（歌・オダ〇ョー）を百回以上リピートして聞いてます。こんにちは。百回も聞くな。

ホントにこのごろやりきれないよ。天秤座《てんびんざ》は今年は十何年だかにいっぺんの幸運の年じゃなかったのか。新年からこっち、あんまりいいことないのはなんでだ。明らかに運気が下がっている。「いま開運の壺《つぼ》を売るセールスマンが来たら、ちょっと耳を傾けちゃいそうな感じ」と思ってるのに、三十時間ぶりの睡眠を二時間で破った訪問者は「パソコンをクリーニングします」という業者だった。どういう意味だかわからない。洗うの？　パソコンを？

新しく買ったマックちゃんは未《いま》だにネットにつなげていない。いままでと全然違うOSの仕組みだもんで、どうやったらいいんだか皆目見当がつかない。設定した覚えもないパスワードを入力しろと言ってくる。シットをなすりつけたい気分になる。しようがないから押入に入れたままだ。

とにかく、いま使ってるパソコン（壊れかけ）はひとに見せられるような代物《しろもの》じゃない。壁紙が『オペレッタ狸御殿《たぬきごてん》』のオダ○ョーだからだ。インターフォンごしに沈黙していたら、「パソコンはお持ちですか？」と聞かれた。「持ってません」と答えた。

先日、ＮＨＫの集金人も来た。すごく気弱そうなひとで、「テレビは映りません」と言ったら素直に退散していった。そうあっさり引き下がられると、本当のことを言ったのに嘘《うそ》をついたかのようで後味が悪い。証拠に映らないテレビを見せて、ついでにお茶でも出してあげるつもりだったのに。

それにしてもなぜ、私はここんとこツイてないのか。普段は「乙女だから乙女座」と自称してるのに、今年の運気がいいからって天秤座に乗り替えたのがいけないのか。狭間《はざま》の日付で生まれたものは、自分の星座をどうやって決めればいいのだ。雑誌の占いコーナーを見るたびに、「フランス人とイギリス人のハーフ」みたいな気持ちになる。ドーバー海峡って広いんだな。あっけらかんと「俺はアメリカ人だぜ、イエイ！」と言えるきみたちが心底うらやましいぜ。

気分転換するために、映画『パッチギ！』を見にいった。つまり、映画を見る前にすでにサントラを買っていたわけだ。こんなことははじめてだ。しかもＣＤ屋を三軒もまわってしまった。それほどオダ○ョーの歌声を聞きたかったのか。うん。自問自答。

さて、『パッチギ！』なのだが、けっこう好きな感じの映画だった。ベタといえばベタなんだけど、ベタベタじゃない。さわやかで元気な青春映画だ。敵対する高校があって、いつもケンカや乱闘騒ぎになって、でもそのなかで芽生えるほのかな恋。もうそれだけで駄目だ。大好きなシチュエーションだ。高校生役の若いひとたちの演技がいいなあ。って、なかには全然高校生じゃない年のひともいるのか。役者さんってすごい。

唯一《ゆいいつ》、「あれ？」と思ったのが（些細《ささい》なことですが、映画のなかの出来事に具体的に触れますので、未見のかたはお気をつけください）、アンソン（朝鮮高校の番長）の彼女の妊娠期間だ。妊娠が発覚してから生むまでが短すぎやしないか。この問題を、逆にアンソンの女友だちのガンジャに視点をすえて考えてみると、彼女が高校を中退してから看護婦になるまでが短すぎやしないか。中退後に看護学校に入り直したのだとすると、今度はアンソンの息子が母親の体内にいた期間が、武蔵坊《むさしぼう》弁慶なみに長かったことになってしまう。

まあ、無敵の強さを誇るアンソンの子種なら、種付けから収穫まで三カ月ぐらいの促成栽培だったとしても、三年ぐらいかかったとしても、どっちでも納得いくから、まったく問題ないんだが。アンソンの彼女が、妊娠に気づくまですごーく時間のかかるひとだったのかもしれないし。これから『パッチギ！』をご覧になるかたは、時間の経過について注目してください。そして私に、「そりゃあんたの勘違いだよ」とこっそり教えてやってください。

『パッチギ！』は、見にきているお客さんの年代が幅広かった。ぴちぴちのカップルから熟年層まで。物語の舞台は一九六八年の京都なので、おじさんおばさんにとっては懐《なつ》かしい風物もいっぱいあったのだろう。切なくて楽しい青春映画になってるので、その時代を知らないものもすんなりと話に入っていける。いろんな年齢のひとが、映画館の暗闇《くらやみ》のなかで一緒に笑ったりしんみりできたりするというのは、とてもすごいことだと思うのだ。おすすめであります。

見どころは私としては、花より団子、恋より乱闘なので、アンソンたちの華麗なケンカ技。アンソンの友だちのモトキくんが好みである。もちろん、純朴な松山くん（主人公）のけなげさにも胸打たれずにはいられない。え、オダ○ョー？　よかったですよ、うしし。「ひとの予想には反しつつ、期待を裏切らない」というタイプの役者だな、と。

『パッチギ！』を見たほかには、おもてなし用におでんを作ったりしてるうちに、一週間が終わった。「ヴィゴ愛友だち」（つまり、ヴィゴを熱烈に愛する我が旅の仲間）のYさんが、『ロード・オブ・ザ・リング　王の帰還』とゲイドラマのDVD（どちらも通販でアメリカから購入）を持って、遊びにきてくれたのだ。『王の帰還』のDVDは、劇場公開時には入っていなかったシーンも多数収録されていて、英語字幕を必死に追いながらキャーキャーと鑑賞。

「ヴィゴはいっつもフェロモンを垂れ流してるように見えるんですが、私の目がおかしいんでしょうか」

とYさん。

「いえ、おかしくありませんよ」

と私。「ほら、いまだってセオデン王相手にもフェロモンを振りまいてます！　ネジがゆるんでるっていうか、フェロモン弁が壊れてるんだと思います、このひと」

体内のどこにあるのかフェロモン弁。ヴィゴを愛《め》でながらひねりし一句。

「アラゴルンはいっつも濡《ぬ》れたような質感の髪の毛をしてますが、これは？　フェロモンの湿り気でしょうか」

「濡れてますね。ラテン系のサッカー選手なみにいつも濡れてます。しかしこれは単に、汚れでじっとりしちゃっただけではないでしょうか」

嗅《か》ぎたいと思わず画面に鼻寄せる。理性を崩壊させつつもう一句。

しかし、我が理性をさらに崩壊させるものが待ち受けていた。ゲイドラマである。衝撃のあまり、題名を忘れちゃったほどだ。こういうドラマがテレビで見られるなんて、しかも何シーズンもつづく人気作だなんて、アメリカってのはわけのわからない国だなあ。

そっちのDVDには英語字幕すらついていないので、話がよくわからないのだが、Yさんの説明によると、「アートディレクターと高校生（もちろんどっちも男）の恋愛成長物語」なのだそうだ。

「私が勝手にそう思ってるだけで、実はまったく違う話かもしれないんですけど」

とYさんは笑う。

「いやあ、すごいですねえ」

私は画面に釘付《くぎづ》けである。アートディレクターと高校生（私が見たシーズンでは、年齢が上がっていて、もう高校生ではない）が、夜の町をさまよい、トラックのコンテナに入っていく。どうやら冷凍車で、そのなかでは何組ものゲイたちが寒さにもめげずにラブラブラブしている。アメリカではそんな場所がハッテン場なのか！　しかしな

により も、

「こ、このひとたちは一緒に住んでるんじゃないんですか!」

「住んでます」

「じゃあ、自分の家ですればいいのに、なんでわざわざコンテナで!」

「このカップルは、いつでもしたいんですよ。このあと、寒さに負けて自分の家に戻ってしますから」

画面のなかは、アートディレクターと高校生が自宅の寝室でセックスするシーンに移っている。もちろんボカシなし。アートディレクターがバックから挿入し、「あー」とか言いながらそれなりに頑張って腰を動かしてます。

「『あー』じゃない! これはお茶の間にお届けしていい番組なんですか! (嬉《うれ》しいけど)」

「ホントか嘘かわからないけど、アメリカでは半×ちまでは映してオッケーなんだそうです」

「あるんだかないんだかわからないような曖昧《あいまい》な規制の基準ですね……」

じゃ、完×ちしちゃったらちょっと萎《な》えるまで撮影を中断するのか。どうなんだ、おい。画面に向かって激しく問いただしたい思いにかられる。アートディレクターの友人もゲイ。この町にはゲイしかいないのか？　というぐらいほとんどゲイ。お約束のようにベッドシーンあり。すごいなあ。

しかし、友人のゲイカップルの家に行き倒れてた男の子が転がりこんできたり、選挙戦の話が絡《から》んできたりと、ストーリー自体がかなりおもしろいのだ。いや、言葉が全然わからないので、もしかしたら違ってるかもしれないが、言葉がわからないのに思わず（ベッドシーン以外も）見入っちゃうって、やっぱりすごくおもしろいってことだろう。

「シーズンワンから貸してください！」

とYさんにお願いしたのであった。

私はこんなことでいいのか。いろいろとやりきれない思いでいっぱいである。

桃色追記。

この章から突然、オダ○ョー関連が伏せ字になっているが、いまさらどういう意味があるのか、自分でもわからない。

内なる熱に身を焦《こ》がす

　ああー、腹も背も腰も、体じゅうが痛くてたまらない。笑うたび、息を少し大きく吸うたびに、咳《せき》が止まらなくなる。ただでさえ、あるんだかないんだかわからないほど細い目が、ますます腫《は》れぼったく重い感じだ。歩くと足がふらつき、漬け物石をのせたみたいに頭がぐらぐらする。

　これは……まごうことなき風邪！

　うーん、風邪などひくのは、いったい何年ぶりだろうか。あまりにもひさしぶりすぎて、しばらく自分が風邪だと気づかなかったぐらいだ。おかしいなあ、動きにいつものキレがないぞ（いつもないけど）と思いながら数日を過ごし、沖田総《そう》司《じ》みたいな咳（いや、血は吐いてないけど）がはじまってようやく、「そうか、俺は風邪なのか」と認識した。

　世の中ではインフルエンザがおおはやりらしい。私もついに……。だるいけれど、なんだか不特定多数のだれかと一心同体になれたような気もして、少しうきうきしながら近所の医者に向かう。きっと医者も大繁盛中《だいはんじょう》で、待合室には風邪っぴきがあふれ、老人は虫の息、子どもは泣きわめき、と阿鼻叫喚《あびきょうかん》の図が繰り広げられていることであろう。その待合室で私は、また新たな風邪の菌に取りつかれ、ますます容態を悪化させてしまうにちがいない。おそろしきインフルエンザの連鎖！

などと思いながら病院のドアを開けたら、待合室にはだれもいなかった。

……あれ？ もしかして、インフルエンザの流行は終わっちゃった？

待合室のソファにぽつねんと座っていると、待つほどもなく医者に呼ばれた。診察室に入る。

先生は私のカルテを見ながら開口一番、

「三浦さん、ひさしぶりですねえ。調子よかったんだ」

と言った。

「はい。恥ずかしながら自分、頑健だけが取り柄でして」

なんでだか高倉健みたいな口調になってしまう。面目次第もございません、という感じだ。

「で、今日はどうしました？」

「風邪をひいたみたいなんです。咳が出ます」

「喉《のど》は痛いですか？」

「痛くはありません」

「鼻水は？」

「少し出ますが、それは花粉のせいかもしれません」

先生はライトをかざし、私の喉をのぞきこむ。

「ふむふむ。熱は？」

「体温計がないので計ってません」

看護師さんが、すばやく体温計を持ってきてくれた。ピピピピッ。七度四分。

「なんだ、たいした熱はありませんね」

と、私はちょっとがっかりした。先生は、

「いや、熱があるのはたしかですよ」

と慰めてくれる。「しかし、まだはっきりとはわかりませんが、インフルエンザではないようです。ただの感冒っぽいですね」

感冒って、つまり風邪ってことだよな。風邪とインフルエンザは別物なのか？　よくわからん、と思いながらも、インフルエンザという流行に乗れていないことだけはよくわかったので、ますますがっかりする。こんなところでも流行に乗れないとは！

「明日、高熱が出たらインフルエンザです。そうなったらまた来てください。お大事に」

と言って、先生は咳止めと風邪の薬を出してくれた。

ええー？　高熱が出ないようにする予防薬みたいなものはないのか。注射でもなんでもしてくれていいのになあ。それに、高熱っていったい何度ぐらい？　だいたい、体温計は持ってないって言ってるのに、どうやって熱の高低を確認しろと言うのだ。

いろいろと疑問はあれども、おとなしく火宅に帰り、薬を飲んで寝る。咳止めってはじめて飲んだが、きくんだなあ。どこにどう作用して、「喉から鋭く連続して息が飛びでる」という行為（？）を止めさせてるんだかわからないが、たしかに咳が出なくなる。ほっ。やっと落ちついて睡眠を取れるわい。これ以上咳をしたら、我が軟弱な腹筋がちぎれてしまう、というところだったからな。

ぐーぐー。ぐーぐー。前者はいびき。後者は腹の虫だ。空腹で目を覚ますと、すでに深夜だった。どれだけ寝てしまったんだろう。

「おっかあ、すまねえがおかゆを作ってくれ」

「あいよ」

一人暮らしのわびしさ。薬も飲まねばならないし、一人二役をこなしながらおかゆを作る。ろくな食料がねえな、この家は。冷蔵庫のなかをひっかきまわし、梅干しと、祖母が送ってくれたありがたきキュウリの浅漬けをやっと発見する。海苔《のり》もあるし、わーい、江戸時代の大名みたいな質実剛健的病人の献立だ。

その直後、見つけたくないものまで発見してしまった。賞味期限の切れた納豆。

……おかゆに納豆？　まあいい、これも一緒に食そう。

お椀《わん》に納豆を入れてこね、ほかほかのおかゆをその上についで、まぜあわせる。梅干しと浅漬けを載せ、海苔を散らしてはいできあがり。いただきます。

……おお、この食感。味わい。なんつうかこう、神々の黄昏《たそがれ》って感じだ。なに言ってんだか自分でもよくわかんないが、つまり有り体に表現すると「まずい」。おかゆはべっとり。納豆もべっとり。べっとりONべっとりで、ねちねちぬらぬら感が食物にあるまじきハーモニーを奏《かな》でておる。納豆というのは、きっぱりと炊《た》きあげた飯と食してこそ、その旨味《うまみ》を最大限に引き出せるものであったのだなあ。また一つかしこくなったわい。

とりあえず腹もいっぱいになったので、また薬を飲んで寝たのであった。風邪をひいても食欲だけはある。こうして「明日」を迎えたのだが、どうも高熱は出てないようだった。体温計がないから、さだかにはわからねど。おかゆと賞味期限切れの納豆がまだ残っていたので、こりもせず再び「神々の黄昏飯」を食らう。

しかし、私はほんっとうに食べ物にお金をかけないいな。米は特売で買ったし、納豆は三パック九十八円。もらいものの浅漬け。あ、梅干しと海苔もいただきものだ。これでどうして太れるのか、世界の七不思議に数えられてもおかしくないわ。もしかして、宇宙から降り注ぐ未知なるパワーが、私のなかで贅肉《ぜいにく》に変わってるんじゃないかしら。

じゃあいったいなににお金を使っているのかというと、最近はＤＶＤ。『仮面ライダーク○ガ』のＤＶＤを全巻買ってしまいました。ごめんなさい。だれに向かってなにを謝ってるんだか。近所のＣＤ屋で、脂汗《あぶらあせ》を流しながら「かかかかめんらいだー」と取り寄せをお願いしたのだが、なんだか本当にいたたまれなかった。こういうものこそ、ネットで注文すればよかったんじゃないのか。せめてものフォローにと、「仕事で使うんです」という顔をして領収書を切ってもらったのだが、宛名《あてな》はもちろん会社名じゃなく個人の名字なわけで、なおさら痛々しさが漂ってしまった。あのときの私は、「悪あがき」という言葉を見事に体現していたと思う。

ク○ガのＤＶＤを全巻そろえると、ものすごい額の出費になる。そんなＤＶＤを一人で鑑賞するのは、金銭的にも精神的にもとても重い。そこで、友人知人に「いつでも見にきてネ」とお誘いをかけているのだが、みなさんの反応がなまあたたかい。

「買っちゃったんだ……」と優しく微笑《ほほえ》みかけられたりする。

「ク○ガのDVDだけじゃないの。『新選組！』のDVDボックスの一巻も買ったの。もちろん二巻目も予約済みよ」

正直にそう申告すると、もう微笑みを通り越して、涅槃《ねはん》の境地みたいな眼差《まなざ》しを送られた。お願いだから放っておいて、この迷える子羊のことは！

そういうわけで、近々火宅にて上映会を開催する予定だ。ほら、やっぱり自分一人で囲いこまず、楽しみは社会に還元（？）しないといけないからな。

なんとなくうしろめたい気分のときほど、ひとは綺麗事《きれいごと》を言うものなのである。

部屋の真ん中で「大好きだ！」と叫ぶ

近所の道を歩いていたら、公衆電話の受話器に向かって、「ビデオから電磁波が出てるんですよ！」とすごい剣幕で訴えてる男がいて、ちょっとおののきました。こんにちは。なんだったんだ、あれは。その直後に入った喫茶店の隣の席で、おばちゃんが「ホットカーペットもだめなのよ、電磁波出るから。でも寒いからつけてるけど」と言っていた。なんなんだ、この町は。どうしてそんなに電磁波にさらされてるんだ。

ちなみに私が今週、電話に向かって一番訴えたかったのは、「ばあちゃん！　肉を送ってくれるのはありがたいけど、クール便にしてよ！」ということだ。ずっと不在だったため、荷物を受け取ったのは発送から三日後で、箱を開けたら肉が変色していた。食べるけども。肉っていっても、牛じゃなく豚なところが、また微妙だ。いやいいんだけども。

祖母はどうやらクール便の存在を知らないらしい。どうすれば、祖母にクール便の存在をスマートに知らしめることができるだろう。耳が遠いので、電話で説明するのがちょっと面倒なのだ。やはり私が、クール便を使って祖母になにか送るしかないのか。でも気づいてくれなさそう。「あらなんだか箱がひんやりしてる。外は寒いのね」とか思うだけで終わりそう。

風邪をひいてしまったせいで、ここのところ本屋に行けていなかった。これ以上行かなかったら窒息してしまう、というギリギリのラインで、やっと体調が戻る。しかも、もとどおり以上の体重になって完全復活だ。よーし。よくないけど、よーし。喜び勇んでさっそく本屋に向かい、しこたま漫画を買いこんできた。

そのなかで素晴らしいと思ったのが、杉本亜未の『独裁者グラナダ』（徳間書店・キャラコミックス）だ。

この作者の描く「暴力的で、でも純粋な部分のある男性」が、私は前から大好きだったのだが、『独裁者グラナダ』はストーリーもテーマも絵も本当に冴《さ》え冴《ざ》えとしていて、「やられたわい」とうめきながら涙した。

編集者の中田は、「独裁者グラナダ」というクレイアニメの作者・鳴瀬が、ボコボコにひとを殴っている場面と偶然遭遇する。「お近づきになりたくない……」と思ったのに、中田は鳴瀬の取材をすることになってしまい、彼のさまざまな顔を間近で見ることになるのだった。はたして本当の鳴瀬とは、いったいどんな男なのか……？

以上が、すごくおおざっぱな「あらすじ」である。

『独裁者グラナダ』と『Ｂｉｒｔｈｄａｙ』という二つの作品が収録されていて、肌合いは全然ちがうのだが、共通する題材は一緒だ。でも、あまりネタバレはしないでおく。なにも知らずに読んだほうが、作品の本質に深く触れられると思うからだ。

杉本亜未の漫画には、微妙な間合いというか静止感があり、それがユーモアや哀《かな》しみを饒舌《じょうぜつ》に伝えてくる。同時に、期せずしてかもしだされる狂気を。そしてそういうレベルとはまったくべつの問題なのだが、「これは……どこまで本気なのかな」と思わずツッコミを入れてしまうコマも必ずあるのが、私が杉本亜未の漫画を愛好する理由のひとつである。

たとえば、『独裁者グラナダ』の冒頭。鳴瀬が、自分を酷評した評論家をボコ殴りにしているシーン。血まみれになっている評論家の顔が、「キャラ」に掲載される漫画の絵じゃないのだ（誉《ほ》め言葉である）。私は一瞬、伊藤潤二《いとうじゅんじ》か望月峯太郎《もちづきみねたろう》の漫画のコマが、誤って挿入されてしまってるのかと思ってびっくりした。どういう誤りがあったら、そういうことになるのかわからないが。

さらに、回想で鳴瀬の大学生時代が描かれるシーン。いくら空手部員だからって、パンチパーマにヒゲはないだろ！　そのパンチパーマに深々と雪を積もらせながら窓の外に立っていたりして、笑っていいものかどうなのか、激しく判断に迷った。現在のスタイリッシュな鳴瀬との落差があまりにもすごくてとまどう。小さな部分まで手を抜かず、渾身《こんしん》の作画ぶり。やっぱり好きだなあ、杉本亜未。

こうやって説明すると、シュールなギャグホラーなのかと思われちゃうかもしれないが、ぜんっぜんちがいます。ものすごくシリアスで、恐ろしいほど透徹とした世界が描かれているので、機会があったらぜひご一読ください。機会がなくても、作ってください。おすすめであります。

「恐ろしいほど透徹とした」と書いたが、決して冷たくはないのだ。むしろ、ぬくもりと一片の希望の光がある。理解の及ばない存在、事柄への絶望や恐怖が描かれるのだが、その向こうに必ずほのかな光が射《さ》している。射しているはずだ、と登場人物は信じようとする。私はそこに、涙せずにはいられないのだ。

私がこのごろ考えていたのは、物語で扱う題材を、単なる「アイテム」に堕することなく表現するには、どうすればいいのか、ということだ。「恋愛」でも「暴力」でも、なんでもいい。自分が表現したいと思うことを、話を展開させるためのただの小道具としてじゃなく、登場人物の魂に寄り添って、ドラマとして抽出するにはどうしたらいいんだろう。そのひとつの答えが、『独裁者グラナダ』という作品として提示されていると思った。

もう一作よかったのが、西田東の『影あるところに』（新書館・ディアプラスコミックス）だ。私のまわりでは、大好評の西田東作品。熱心に布教した甲斐《かい》があったぜ。私の地道すぎる布教活動では、せいぜい信者を三人増やすぐらいしかできなかったわけで、「ザビエルさま、すみません！　ジパングは予想以上に広い島だったです」って感じだが、やはりいい作品は自然と広まるものなのだ。すでにいろんなところで大好評みたいなので、未読のかたにはこれまた自信をもっておすすめしたい。

西田東の単行本は、描き下ろし漫画や、あとがき漫画までが、ものすごくおもしろいのだが、今回私の胸を激しく打ったのは、カバー袖《そで》に記載された作者のプロフィールだ。「集めている物……スーパーのビニール袋」。

お、おんなじ……！

心の中で、西田東氏と勝手にかたく握手した。

私はスーパーのビニール袋を、ゴミ袋やちょっとしたお出かけのときの鞄《かばん》がわりに再利用しているのだが、これがまた、ものすごい量たまるのだ。先日、ガス台の下の棚を開けたら、洪水みたいにスーパーの袋があふれだし、台所の床が半分埋まった。

せめて穴が空いてるものは捨てよう、と思い、一枚一枚広げては穴の有無を確認する。そして結局、穴が空いてるものも空いてないものも、また一枚一枚丁寧に畳んで結び、すべて棚にしまった。なんでだか捨てられないの！　それってやっぱり、心が戦中派だから？

スーパー「紀伊〇屋」のお買い物袋を持ってるだろ（高級スーパー「紀伊〇屋」で買い物したことはないが）。それを、同〇誌を買いにいくときだけじゃなく、近所のスーパーでの買い物の際にも活用しろよ（「紀伊〇屋」のお買い物袋は頑丈なので、大量の同〇誌を入れても破れることなく安心なのだ）。そうすれば資源保護にも役立つし、ビニール袋の海で溺《おぼ》れ死ぬこともなくなるのに！　そうは思っても、やっぱりレジで毎回ビニール袋をもらい、リスのようにせっせとためこんでしまうのであった。

いや、そうじゃなくて。スーパーのビニール袋の話じゃなく。『影あるところに』がこれまた傑作だ、という話だったな。

紙幅も尽きてきたし、細かいあらすじなどは省く。よさは読めばわかる。この作者の描く「ずるくて、でも一途《いちず》な部分のある男性」が、私は大好きだ。

先日、漫画愛好仲間のUさんと熱く語りあったのだが、お互いに漫画に対するスタンスを再発見した。私たちは漫画に、「こうあってほしい、と願う人間の理想の姿」

を見いだしているのだ。泥にまみれていても、情けなくてもいい。それでも、「こうあってほしい。自分もこうでありたい」と思える姿を、登場人物に仮託しているのである。私の人格と理念のほとんどすべての部分が、漫画から影響を受けてできあがったものだと言っても過言ではないっぽい。人格の大半以上を占めるダメな部分は、もちろん漫画の責任じゃなくて自分の責任だが。

私は漫画に、夢と希望を見る。明るい意味だけではなく、すべてを内包した夢と希望を。

今回紹介した二冊を読んで、その感をますます強めた次第なのである。

あちこちにクレーム

確定申告がまにあいません！　脱税する不孝をお許しください。ていうか、還付金がもらえなくて私が不幸だ。

だいたい私は、中学校に入った直後ぐらいから、すでにして数学への理解度があやしかったのだ。それはつまり、小学校高学年程度の「算数」すらも、あまりよくわかっていなかったということだ。もちろん、いまもわかっていない。

そういう人間にだねえ、所得がどうこうとか、源泉徴収がああだこうだとか、そんな計算をしろと強いるほうがおかしくないか。税が欲しけりゃ、もぎとっていけ！　私の屍《しかばね》を越えて、勝手にふんだくっていけ！　わけのわからない書類への記入など求めず、おおざっぱに「これぐらいかな」って感じで、どうぞ持っていってください（できれば持っていくより、還付金をくれる方向がいいな……）。書類に記入するより前に、経費の計算の時点で私はもう屍です。終わりません。

そしてなぜか毎年、確定申告の締め切り日に、原稿の締切も複数重なるのであった。税務署の陰謀か？　確定申告にかかる時間を、みんなが生産活動や消費活動にあてれば、景気はもっとよくなるぞこの野郎！　役所にクレーム電話の一本もかけたい気分だ。

あまりにも絶望的な状況すぎて夜中に錯乱し、鍋《なべ》いっぱいのトマトシチューを作ってしまった。煮込みながら、「税のない国に行きたい」とずっとつぶやく。我が怨念《おんねん》のこもった確定申告シチュー。これがまた、トンガラシをきかせすぎちゃってからいんだわ。

明け方に火を噴きながらシチューを食べ、就寝。目覚めたら昼過ぎだった。寝てる場合じゃないのに。数字を見てると眠くなる。仕事をしてても眠くなる。なにをしてても眠くなる。私がちゃんと覚醒《かくせい》しているのって、「おお、待ち望んでいた漫画の新刊出てる！」と本屋で思う瞬間だけじゃなかろうか。

そんなことを考えつつモゾモゾと起きだし、買い物に行く。レシート整理の際に必要な、セロハンテープやホッチキスの針が、部屋に全然ないことに気づいたからだ。この事実だけで、ふだんどれだけ書類仕事を溜《た》めこんでいるかがうかがわれる。

そういえばこのホッチキス、もうずいぶん長いこと使っているな……。たしか、弟が生まれるときに家に来てくれていたばあちゃんが、近所の文房具屋さんで買ってくれたものだ。ということは、二十二年前から使ってるわけか。物持ちがいいにも程がある。壊れる気配も見せないホッチキスも、たいしたものだ。

古本屋でアルバイトをしていたとき、仲間内で、「使い勝手がいいのは、やっぱり『MAX』のホッチキスだよね」という話になったことがある。「MAX」と刻印されたホッチキス。だれの家にも、必ず一個はあるのではなかろうか。私が二十二年間使用しつづけているのも、この「MAX」のホッチキスなのだが、これだけ壊れないと、逆に心配になってくる。大丈夫なのか、MAX社（社名かどうかわからないが）は。みんなが同じホッチキスをずっと使いつづけるせいで、新しい商品がなかなか売れないんじゃないか。

長年愛用するMAXのホッチキスを見るたびに、ケストナーの生い立ちを思い出す。ケストナーの父ちゃんは、たしか腕のいいランドセル職人だったのだが、あまりにも腕がよすぎて、そのランドセルが全然壊れない。兄弟全員が使ってもまだまだ現役、というぐらい頑丈なランドセルだった。それで売れ行きがのびず、ケストナー家は貧乏だったのである。なんだかドイツっぽい無骨なエピソードだなと、すごく印象に残っているのだが、MAXホッチキスにも同じ懸念《けねん》を覚えるのだった。性能がよくて壊れないというのは、消費者にとってはとてもありがたいことなのだけれど。

必要な備品を買って帰ってきたら、友人のYくんから電話があった。

「ひさしぶり〜。元気かよ〜」

相変わらずちょっとけだるげなYくん。私はまずめったに自分から友人に電話をかけないので、たまにこうして生存確認してくれるのである。友人の気づかいが身にしみる。

「元気だよ。Yくんは？」

「俺は女にふられた」

「また!?　いやいや、もごもご」

Yくんはとてもモテるのだが、わりといつでも、女と修羅場だったり破局を迎えたりと、ごたごたしている感がある。モテるのも楽じゃないのだな。

「どうしてそういうことになっちゃったわけ？」

「『ほかに好きな男ができたの。二日前から』って言われちゃ、しょうがないだろ」

二日前って、なんだそれ。いくらなんでも展開と決断が早すぎる。Yくんはけだるさをかなぐり捨て、顚末《てんまつ》を怒濤《どとう》の勢いで語りだした。

「そりゃあ俺も、このごろ忙しくて、女を放りっぱなしだったよ？　別れるときも、

『だって日曜につれていってくれる場所っていったら、無○良品かドン○だったじゃない』って言われた。だけどなあ、夏はプールも行ったし、年末はミレナリオにだって行ったんだぞ！」

「あらま、ミレナリオ！　Yくんなりに頑張ったのにね……」

「そうだよ。週に四日もうちに泊まり、毎日朝晩電話をかけてきておきながら、急に『ほかに好きな男ができた』はないだろ。こっちとしては、別れるなら別れるで一カ月前ぐらいから兆候を見せてほしいわけよ」

「もっともだ。しかし、半同棲《どうせい》状態で、そのうえ朝晩電話って、ちょっと鬱陶《うっとう》しくない？」

別れてよかったんだよ、と慰めるつもりで言ったのだが、

「俺は嬉《うれ》しかったけど」

でへへ、とやにさがるYくん。哀れなり。

「それなのに、あっさり引き下がったの？」

「うん。でも友だちが、『もう一度行け！　無○とドン○以外の場所にもつれてくからって、謝ってやり直してこい！』ってハッパかけるから、行ったよ。一週間後に、ティ○ファニーの指輪持って」

「ちっともあっさり引き下がってない！　それで？」

「即行断られた」

ああああ……。もう、なにをどう慰めていいのかわからない。

「俺も腹立ってさあ。すぐにティ○ァニーに電話したよ。『昨日買ったばっかで、まだ箱も開けてないんだよ。引き取れ！　ほかの店なら引き取るぞ、ふざけんな！』って」

「ただのクレーマーだよ！」

腹の立てどころがあきらかにまちがっている。

「クレーマーだもん。それで、店に返しにいったんだけど、『あれ、もしかしてこれって、ものすごく恥ずかしくないか？　ふられ男ですって言ってるようなもんだよな』と……」

「電話をかける前に気づいてほしい」

「ははは、思い至らなかった。しかも、クレーム対処係がものすっごい美人なのね」

「ああ、怒《いか》れるひとの心をもとろかすような」

「そうそう。思わず拝んで、おとなしく帰ってきました」

「え、指輪は？」

「それはばっちり、返品して金かえしてもらった」

いつでも波瀾万丈《はらんばんじょう》かつたくましく生きるYくんだ。全身秘孔だらけって感じで、どこにどうつっこんだらいいのかわからない。

「とりあえずよかったじゃない。腹立ちもおさまったでしょ？」

「おさまるわけないだろ。殺す！」

「待って待って、そんなことで人生棒にふっちゃいけない」

だいたいこのひと、別れるたびに相手を殺してたらいったい何人……いやいや、もごもご。

「そうだな、まあいいか〜。じゃ、またな〜」

シャバで再び相まみえることができるよう、お星さまにお祈りしておこう。

しかしYくん、いろんな顔（職業）を持つ男だが、そのなかにはたしか事業も入っていたのでは？　確定申告は……ぶっちぎっているのだろうな、きっと。

姉と弟の深い河

「あっ、家賃の振り込みしてない！」って気づくのが、どうしていつもいつも日曜なんだ。こんばんは。今月もまた、数日間家賃滞納のまま、大家さんの住む家の真裏のアパートに居座ってます。

カーテンを開けてさえいれば、大家さんの家が見えて、家賃のことも思い出しただろうに。このごろはほとんど昼夜逆転の生活で、カーテンどころか窓も半年ぐらい開けてなかったので、また忘れちゃったのである。しかし、半年も窓を開けない生活って……。熟成された空気のなかで、そろそろ銅ぐらいは精錬できそうだ。

これではいけないと、今日は窓を開けてみたのだが（それで家賃滞納の事実を思い出した）、花粉の猛攻を受け、あえなく十五分で断念。我が火宅は、再びシェルターと化したのだった。残留花粉のせいで、いまも目と耳と喉《のど》がかゆく、鼻水が垂れまくりだ。

「半年も窓を開けない」と言うと、なにかこう、心を閉ざしちゃったひとなのかな、という印象をひとに与えてしまいそうでイヤなのだが、そうではない。冬は寒いし、春は花粉だしで、しかたないのだ。けっこう多くのひとが、天候やアレルギーが原因でシェルター住まいを余儀なくされているはずだと、私は推測する。「三年ぐらい密閉したままの部屋がある」などの猛者《もさ》の情報を求む。

先日、弟が火宅にやってきた。手持ちのCDをなにやらしたいので、私のパソコンを貸してくれ、という用件だった。なにをどうしたいのか、聞いても私にはよくわからなかったので、まあ勝手に使えや、と部屋に招き入れる。

招き入れると言っても、玄関は二つのゴミ袋でふさがっている。昼夜逆転生活なもんで、なかなかゴミを出せないのだ。弟は、ドアを開けたとたんに目に飛びこんできたゴミ袋を見ても、無言だった。冷たい無言のまま、袋をまたぎ越して部屋に入ってきた。

「すいません、いまちょっと部屋が荒れてててですね」

「見りゃわかる」

弟は早速、パソコンとベッドのある部屋の戸を開けた。ここがまた、紙と本で大変なことになっている。

「すいません、いまちょっと掃除してる時間がなくてですね」

「見りゃわかる」

弟はCDをなにやらする準備をはじめながら、

「で、この部屋はどこに座ればいいんだ」

と言った。

「あー、ベッドに適当に腰かけていいよ。でもでも、その布団《ふとん》は前に干したのがいつだったか、もう忘れたぐらいの危険物です」

「その危険物をかぶって、ブタさんは寝てるわけか」

「うん」

弟は「ふー」と言い、作業を開始した。

弟の彼女は、たぶんすごく楽だと思う。どんなに汚い部屋に住んでようと、弟にはもう耐性ができてるから、いまさらたじろぐこともないだろうしな。いや逆に、「ダメダメな女とは、もうこれ以上お近づきになりたくない」と思っていて、ものすごく理想が高かったりして。

ま、「彼女」なんてコジャレたもんが、いるのかいないのかわからんが。私たちのあいだで、そのテの話はタブーなのだ。弟は、私に彼女の存在を知られようものなら、

「ねえねえ、どんな子？　写真ないの、見せて見せて見せ（エンドレス）」と、うるさくつきまとわれることを予測してるので、秘密主義ぶりを徹底させている。彼はまた、私のことに興味がないので、なにも聞いてこない。聞かれたところで、答えはいつも同じなんですけど。

弟の持ってきたＣＤは、私には理解不能な音楽だった。似たような環境で育った姉弟なのに、どうして性格や趣味がこんなに違ってくるのかなあ。そのくせ、思考回路（マイナー）や物の見方（斜め）に確実に通じる部分を感じることもあって、ホント人間って不思議だわ。汚い部屋から意識をそらすため、「人間」などという壮大なことを考えつつ、私は別室で仕事をしていた。

しばらくしたら弟が、境の扉をスパーンと開けた。

「ティッシュくれ！」

見ると、水っパナが垂れている。彼も花粉症なのだ。

「えー？　そっちの部屋にもあるでしょ？」

「どこに！」

「どこって……」

積み重なった紙をかきわけ、ティッシュの箱を探す。ようやく見つけたときには、弟はすでにトイレットペーパーで鼻をかんだあとだった。

「危ないところだった。おまえティッシュぐらいは、すぐ手の届くところに置いておけよ」

「すいません」

乱れた部屋には無言の寛容を見せる弟も、花粉症には負けるらしい。

数時間が経過し、私はおなかがすいてきた。しかしここで、「ご飯を作って弟と食べる」などという選択肢はない。

「ねえ、そろそろ終わる？　あんた、車で来てるんでしょ？　一緒に家まで乗せてってよ。夕飯のご相伴にあずかるから」

「もう腹が減ったのか」

「うん。わりといつも減ってる」

弟は再び「ふー」と言った。

私は弟と並んでベッドに腰かけ、ピギャーとかいってる音楽に耳を傾けながら、作業の終わりを待つ。

「俺のバイブルは読んだのか」

「まだ読んでない」

弟のバイブルとは、『ジョジョの奇妙な冒険』のことである。弟は自室を掃除した際、どう頑張っても本棚に漫画が入りきらず、困っていたらしい。ちょうど本宅に帰っていた私に、『ジョジョ』が全巻入った巨大な紙袋を手渡したのだ。

「これは俺の大切なバイブルだ。持っていけ」

「はあ……。しかしなんで私に」

「おまえの部屋なら、いまさらこれぐらいの量の漫画が増えても、屁《へ》でもないだろ。熟読しろ。『ジョジョ』のセリフだけで会話が交わせるぐらい読め」

「あんたはできるの？」

「当然だ。俺の魂は、ほぼ『ジョジョ』で構成されていると言って過言ではない。おまえがどんなセリフを口走ろうとも、受けて立つ自信がある！」

「その勝負、乗った！」

というわけで、漫画読みの心を巧みにくすぐる弟の挑発に乗って、私はバイブルを預かることになってしまった次第である。

「早く読め」

「読みたいけど、いまちょっと仕事が忙しいんだもん」

「忙しくないのに部屋がこんななんだとしたら、それはかなりまずいな」

「ふだんはけっこう綺麗《きれい》にしてるんですぅ」

「どの程度の『綺麗』なんだか」

「なによあんた、偉そうなのよ！　鼻にティッシュ詰めてるくせに！」

「垂れてくんだからしょうがないだろ」

「ひとの部屋で、そんな間抜けな姿でいないでよね！」

「あー、ブタさんうるさい。ハウス！」

「ここは私の部屋だっつうの！」

「その重量で、危険物の上で飛び跳ねるな。埃《ほこり》がますます、俺の繊細な鼻の粘膜を刺激する」

いつもどおり通じあえない部分を抱えながら、私たちは一緒に本宅に帰り、夕飯を食べたのだった。

その夜、一人で火宅に戻った私が見たのは、パソコンのそばにひらひらと置いてある、鼻を拭《ふ》いたあとのティッシュだった（几帳面《きちょうめん》に一定間隔を置いて鼻に押し当てるらしく、乾くと一枚のティッシュが「総しぼり」みたいになる）。ぎゃー！

わかんないぞ。「まだ使えるから」っつって、ティッシュをそこここで乾かしとくおまえが、姉ちゃんわかんないぞ！

馬に蹴《け》られろ

ごんにちば。花粉、寝ても寝てもまだ眠い、腹具合が最悪、と三重苦の今日このごろです。腹具合が悪いのに唐揚げなんて食べちゃって、「あー、胃がむかむかする」と横になって、くしゃみと空腹で目覚めたら十時間後で、寝てるあいだに体内に花粉が蓄積されまくり、と悪循環をどこで断ち切ったらいいのかわからない。断食《だんじき》するか、春がいますぐ終わるか、そのどちらかしか私の救われる道はない。

先日、広告代理店勤務のAと会った。Aに会うのはものすごくひさしぶりで、

「最近はどんな感じの毎日なの？」

と聞かれたので、

「『若○者』ばっかり飲んでる毎日」

と答えた。Aは、生きたナマズを丸飲みしたみたいな表情を見せた。

「……え、それはやっぱり、オダ○ョーが好きだからなの？」

「うむ」

補足説明すると、「若○者」というのは新発売のお茶で、イメージキャラクター(?)がオダ○ョーなのだ。しかしもちろん、私は「若○者」のテレビCMを見たことがない。せめてパソコンで見ようと、発売元であるア○ヒ飲料のホームページに行ったら、「おまえのパソコンじゃ見られねえよ」と弾《はじ》かれた。ナローバンド(しかもリンゴちゃん)にも優しい仕様にしてほしいと、つくづく思う。

「だれがCMをしてるかで、買う商品を決めたりすることって、ホントにあるんだね」

と、Aは感心してるのかあきれてるのか微妙な反応だ。あんた、広告代理店勤務じゃないのか。だから恥を忍んで、CMに関係する話題を振ったというのに……！

「いや、私だってこれまで、そんな基準で物を買ったことなんてなかったよ。だから『若○者』を買うときは、『この女、CMにつられて買ったな。百本買ったって、オダ○ョーの彼女になれるわけでもないのに。身の程知らずめ』と店員に思われてんだろうなあと、心臓がドキドキするもん。そのあと電車で『若○者』を持ってる小学生男子を見かけて、『ほら！　新発売のお茶があったら、だれでも買ってみるよ。べつに私が買ったっておかしくないよね』と、ようやく意を強くしたぐらいだもん」

「なにが言いたいのかよくわかんないけど、とにかくそれぐらい葛藤《かっとう》がある、ということなのね？」

「うむ」

「で、肝心の味のほうはどうなの？」

「まあ、お茶の味がする」

いやいやいや、まずくはない。だけどペットボトルの茶なんて、そう大きな味のちがいはないだろう。価格もパッケージも似たりよったり。そうなるとやっぱり、だれがCMをするかって、けっこう重要なんだろうなあ。いままで考えたこともなかったが。とりあえずAに、オダ○ョー登用の有効性（少なくとも私は買う）をアッピールしておいた。今日も布教活動は順調だ。

それにしても、どんなCMなのか気になってたまらないので、テレビを見るために本宅に帰ることにした。なぜだか居間に、ドカーンと新しいソファが置いてあって、母はそれに座って「草花図鑑」を眺めているところだった。

「……このソファ、どうしたの？　なんか全然、部屋に合ってない気がするんだけど（大きすぎ＆オシャレすぎ）」

「あら、このあいだ一緒に買い物に行ったときに買ったじゃない。昨日、届いたのよ」

そういえば、「現金の持ち合わせがないから、ちょっとカード貸して」と言われたことがあった。ソファを買ったのか！　ひとのカードでそんな大物を買うな！　お母さん、私のカードは限度額があるんですよ（しかも最低ライン）。今月、まだまだ買いたいDVDもあるのに、ソファなんて買ったらもうカードを使えないじゃないの。ぶるぶる、油断のならない親だ。即行でソファ代金を支払ってもらったのだった。

「そこだけ別世界」みたいなソファに居心地悪く腰を下ろし、テレビを見る。というより、見張る。CMをやっているチャンネルを探すため、ちゃかちゃかとリモコンを操作。ところが母が横合いから、

「ねえ、この花はどうかしら」

と、さかんに話しかけてくる。春になったので、猫の額ほどの庭に、新しくなにか植えようということらしい。私は茶の味もわからないが、花はもっとわからない。はっきり言ってどれも同じに見える。

「あー、いいんじゃない」

と、念仏のように繰り返し唱えていたら、テレビ業界はやっとCMタイムになったらしい。どのチャンネルも、いろんなCMを放映する。よっしゃ、ここが捕獲のチャ

ンス！　指の関節が白く浮きでるほど、力をこめてリモコンを押しまくる。

とうとう「若○者」のCMに行き当たり、「あ、これだ！」と思った瞬間、父が居間に入ってきて、

「巨人はどうだー。負けてるだろ、ぐっひっひ」

と、横からリモコンを簒奪《さんだつ》。NHKにチャンネルを変えやがった。まだ全部見られてなかったのに！　NHKじゃCMはやらないのに！　しかも巨人、勝ってるし！

なにから抗議していいかわからず、「あわあわあわ」と呆然《ぼうぜん》と口を開け閉めする。父はどっかと椅子《いす》に座り、「ちぃ、なんで勝ってんのかな」とブツブツ文句を言いながら、今度は旅番組を見はじめた。

「お父さん！　私はいま、CMを見たいの！」

「なんのCMだ？」

「……お茶」

「お父さんはお茶のCMなんて見たくない。ほらほら、桜の名所をやってるぞ」

桜なんて興味ないくせに！　むしろ食べ物に夢中で、「この旅館の料理、おいしそうだな。でもちょっとカロリーオーバーだ。お父さん、糖尿だから」とか言っている。あんたと旅館に行く予定なんてないぞ！

「お母さん、このひとにちょっと言ってやってよ」

と父の横暴を訴えても、母は「草花図鑑」に心奪われていて、まるで上の空だ。

「あ、電話だわ。しをん、出て」

なんで私が！　この部屋でいま、なんらかの使命を胸に抱いているのは私だけで、あとの二人はぼんやりと時間をつぶしてるだけなのに！

渋々と受話器を取ったら、父宛《あ》ての電話だった。父に替わり、「しめしめ、この隙《すき》に」と、再びCMを求めてザッピングする。そうしたら、やはりオダ○ョーが出ている「ライ○カード」のCMに当たった。ラッキー！　と思ったのだが、電話に向かってしゃべっている父の声があまりにもでかくて、テレビの音がなんにも聞こえない。

真剣に殺意を覚えた。

なんでおっさんって、電話の声がでかいの!?　電話なんて使わないでも、生の声で充分相手に届きそうである。

私が「加齢の証《あかし》」だと思うことは、女性の場合は「自動改札にかなりの頻度で引っかかる」、男性の場合は「電話の声がでかい。および、携帯電話をうまく使いこなせない」である。私の両親は、見事にこれに当てはまる。

特に、父の携帯にかけるたびに、いらいらさせられる。きちんとつながったためしがないのだ。どうやら本人は、ちゃんと通話ボタンを押してるつもりらしいのだが、「あ、もしもし、お父さん？」とこちらが言った直後に、たいがいはブチッと切れる。かけ直すと、なぜだか留守電になってたりする。なんなんだよ、もう！

さらに父は、私の番号を携帯に登録しているのに、それをボタンで呼びだすことができない。なんと彼は、毎度毎度、音声機能で番号を呼びだしているのだ。つまり、携帯に向かって「しをん！　しをん！」と連呼し、それを感知して液晶に表示された番号にかけているのである。

一度など、駅で父と待ち合わせしていて、雑踏のなかで「しをん！　しをん！」と言ってるのを見かけてしまった。本気で近寄りたくなかったのだが、しょうがないから背後から「なによ」と声をかけた。父は振り返って私を認め、「ああ、来たか」と、なにごともなかったかのように携帯電話を内ポケットにしまった。

召還魔法かよ！

頭がおかしいおじさんみたいなので、頼むから黙って電話番号を呼びだす方法を身につけてほしいと切に願う。

トンチキな両親のおかげで、私は未《いま》だ、ＣＭのオダ◯ョーとめぐりあえていない。

人生の勝負どころ

このごろ地震が多いですね。

先ほども小さな地震があったのだが、私はそのとき、夕ご飯を食べていた。卓袱台《ちゃぶだい》のある部屋に飯を運ぶのも面倒で、パソコン机に向かって食べていた。メニューは、どんぶりに盛った二合分のチャーハンと、小鍋《こなべ》いっぱいの豆乳スープである。念のため言っておくが、二合を一気に食べるわけじゃない。作り置いておくために大量に製作したものを、洗い物が増えるのを防ぐ目的で、一つの器に盛ったまでのことである。ついでに豆乳スープも、小鍋から直接飲んでいた。

ガツガツと食べながら、もちろん片手では漫画をめくっている。買ってきたばかりの、『愛がなくても喰ってゆけます。』（よしながふみ・太田《おおた》出版）だ。おいしそうなお料理がいっぱい紹介されていて、私が作ったまずいチャーハンも、心なしか味が少し底上げされるような気がする。

と、そこに揺れが来たのである。鍋から豆乳をすすり、漫画を読んでいた私がまず感じたのは、「ふざけんな！」という怒りだった。「私は一日の終わりに、ようやく三十分の休息を自分に許し、パソコン机の前で飯を食いながら漫画を読んでいるのだ。それを貴様（地球）の都合で中断されてたまるか！」。

たとえアパートが崩壊しようとも、私は最期《さいご》までチャーハンを食べながら漫画を読むぞ、と決心した。決心し、それを実践しとおした。いや、幸いにも地震は小さなものので、アパートも崩壊しなかったが。揺れが収まり、私は「勝った」と思った。揺れの最中にも、淡々と飯を食い、漫画を読みつづけることができたぞ。

しかし、ふと見ると、ズボンに豆乳が垂れていた。さすがにちょっと動揺し、少しこぼしてしまったらしい。ぬぬぅ、まだまだ漫画読みとしての修業が足りん。地震よ、今回は痛み分けということにしておくか。

相変わらずの生活で、このごろ自分がさびしいのか満足なのかすらも、よくわかんなくなってきた。

そんなある日、深夜にタクシーに乗ったのである。最初から妙なノリの運転手さんで、乗った直後ぐらいに、

「お客さん、『巻き貝さん』っていうご長寿アニメがあるじゃないですか」

と話しかけてきた。『巻き貝さん』……？　一瞬考え、

「ああ、ありますね」

と答える。

「巻き貝さんの弟で、出汁《だし》を取るのにふさわしい名前のやつがいるでしょ」

「いますね」

「あいつの友だちの中島くん。彼の下の名前、知ってます？」

「うーん……、そういえば知らないです」

「俺このあいだ、部屋でゴロゴロしながら『巻き貝さん』を見てたんですよ。そうしたらちょうど、出汁を取るやつと中島くんがテストを受けてるシーンだったんです。中島くんの答案が画面に映ったとき、俺は飛び起きましたね。なんと答案の氏名の部分が、『中島・・・』だったんですよ！」

「ほほぅ……！」

「これ、国家レベルの機密じゃないかなあ。お客さん、ひとに言っちゃだめですよ。黒服の男たちが現れて、どっかに連れ去られちゃうかもしれないから」

「ははは。しかし、『・・・』とはまた、大胆な名前ですね。なんと読むんでしょう」

「まさか自分の名前を忘れて、『・・・』でお茶を濁したとも思えませんから、たぶ

ん中島くんの名前は、本当に『・・・』なんですよ。『・・・』と書いて『絶句』と読ませるのかなあ、とか、俺いろいろ考えました。だけど小説とかでも、絶句を表す点々って、ふつう三つ(『・・・』)じゃないでしょ。六つ(『……』)でしょ。だから、『中島・・・』で、『中島ぜっ』という名前ではないかと」

「『ぜっ』なんだ! ものすごくアバンギャルドな名前ですね」

「お客さん、明日会社に行っても、絶対にしゃべっちゃだめですよ。これはあまりにも重大すぎる発見なので、身の安全を保障できませんから」

「ええー、話したいなあ。昼休みにトイレでしゃべっちゃうかも。でも、そうしたらトイレの個室の床が落ちて、いずことも知れぬ地下室に収容されてしまうのね」

「もしくは、会社から出た瞬間に青白い光が射《さ》して、上空へ吸引されちゃうんですよ」

「危険だわ」

「この車だって、すでに組織にロックオンされてるかもしれません」

「きゃー」

ブーンと加速するタクシー。なにしろ運転手さんと私だけの空間だから、深夜特有のノリに歯止めをかけてくれるひともいない。

「お客さん、けっこう飲んでます？」

「いいえ、今晩は一滴も」（これは本当だ。めずらしく飲んでなかったのだ）

「飲んでなくて、そんななんですか」

「お恥ずかしいことに。運転手さんは？」

「飲んでるわけないっしょ。仕事中ですよ一応」

私たちは意気投合してアニメ話をつづけ、そこからなぜか『イニシャルD』の話題になった。

「ねえ、運転手さん。私、ドリフトっていうのが、未だにわからないんですよ」

「ドリフトっつうのはですねえ、やりかたが三種類あって……」

懇切丁寧に解説してくれる運転手さん。

「ふむふむ。いま、できますか？」

「やりましょう。つかまっててくださいよ」

キュキュキュキュー！　郊外の街道の、なんでもない曲がり角でドリフト初体験。

しかも、曲がる必要のない道で。

「おおおー！　気持ちいい！　『あぶデカ』って感じだ！」

「なあに言ってんの、タカは」

「ユージ、おまえなあ。この道、曲がるとこじゃないんだってば」

即座に『あぶデカ』ごっこをはじめる運転手さんに、これまた即座に応じる私。

「いやあ、お客さん。『あぶデカ』なんて、年がばれますよ」

「私は再放送ですもの」

「嘘《うそ》でしょ」

「嘘です」

そんなこんなで、ようやく家の前まで着く。細い道に停めてもらい、代金を支払っていたら、深夜だというのに後ろから激しくクラクションを鳴らされる。

こんな道を通る車があるとは……。ええい、うるさいな、ちょっと待ってよ！　と振り返ったら、どでかい白ベンツだった。

「ううう運転手さん！　後ろ、ヤ○ザが来ちゃったよ！」

「行ってください、お客さん！」

「でも……」

「俺は平気ですから！」

タクシーから降り、後ろのベンツの運転席を見たら、もう明らかにその筋のかた、という感じのおじさんが乗っていた。ぶるぶるぶる。おじさんは私を一瞥《いちべつ》し、走りだ

そうとしたタクシーに、ベンツをピタリと横づけした。そしてクラクションを盛大に鳴らしながら、

「この野郎、もっと端に停めんかい！　通れないだろうが！　どこのタクシーじゃ、電話番号は！」

と怒鳴る。

こ・わ・い・よ・う。

運転手さんは慣れた感じで、

「はい、すいません！　はい、はい、いやあ勘弁してください」

と応対している。

これはもしや、私が携帯で警察に電話すべき場面なのか？　でも、おじさんに顔見られちゃってるし、住んでる場所のすごく近くだしなあ。

逡巡《しゅんじゅん》したのだが、意気地がないのでブロック塀の陰から推移を見守るに留めた。運転手さんは適当にヤ○ザのおじさんを振り切り、おじさんはまだ言い足りなさそうにしながらも、怒鳴るだけに留めてベンツを発進させた。

ホッ。よかった、流血沙汰《ざた》にならなかった。

しかしあの局面で見守るだけしかできなかった私は、確実になにものかに負けた、

と思ったのだった。「なにものか」などと、うやむやにするのも厭《いと》わしい。ずばり、己れの心の弱さに負けたのである。

正しきを行う道のりは険しい。

真の贅沢《ぜいたく》のみがひとを真に幸福にする

眉毛《まゆげ》のお手入れをしていたら、誤って眉尻《まゆじり》を潔《いさぎよ》く剃《そ》り落としてしまった。ぎゃっ、どうしよう！　やっぱり酔っぱらってるときに刃物なんて持つもんじゃないよ。鏡のなかの自分をしばし見つめ、解決策は一つしかないと結論づける。すなわち、もう片方の眉尻も潔く剃る！

……パンクを狙《ねら》ったんだよ。そうだろ？　そうだよな？

いくら言い聞かせてみても、こんなパンチの欠けた顔に元からパンクもクソもない。両眉の尻が消えた、ただの柴犬面《しばいぬづら》が一丁あがり、である。まいったね、こりゃ。天罰だと思い、諦《あきら》めることにする。なんの天罰かというと、「『出張が入ってる』と妻には言い、本当に出張は入ってたんだが、宿泊したホテルで愛人と逢《あ》い引きもした」ことへの、だ。もちろんたとえだけど、真に迫ったたとえだと我ながら思う。順を追って説明しよう。

昨年のはじめに、母が腕の骨を折った。その際に入れたボルトを、今度抜くことになった。手術の日程を聞いた私は、すかさず暗い表情を作り、

「お母さん、申し訳ないんだけど私、付き添いができないよ。ちょうど文楽の取材が入ってて、関西に行くことになってるんだよね……」

と言ったのだった。

嘘はついていないが、真実だけを語っているわけでもない。私はたしかに、大阪で文楽を見た。しかし、文楽は大阪でしかやっていない。じゃあ、どうして「大阪に行く」ではなく「関西に行く」と漠然と言ったかというと、京都と奈良にも行く予定だったからだ。京都と奈良でなにがあるかというと、もちろんバクチクのライブだ。

私は心のなかで0・03秒のうちに、

「これはもう、バクチクを取るしかないだろ。後から割りこんできたのは母の手術なんだから、関西に旅立っても問題なしだろ！」

と決意したのである。母さん、鬼のような娘ですみません。バチが当たって柴犬になっちゃったので、許してください。

親の死に目すら蹴《け》りやって（死んでない死んでない）駆けつけたバクチクのライブは、はっきり言って夢のようだった。だって京都公演の席が、前から三列目！　バク

チクのライブに行きつづけ、早十五年。こんな栄誉はかってなかった。生きててよかった！　死国のYちゃんは喜びのあまり、「今夜とうとう、彼らが本当に立体だったことを確認できた」と涙していた。涙するポイントがなにか違う。

前から三列目といったら、私としては致死量ギリギリの至近距離だ。これ以上近づいたら心臓が停止する、という危ういラインだ。そんな近くに好きなバンドが存在したら、人間どうなるか。今回私は身をもって知ることができた。声もなくずーっと、「ひゃー、うひゃあああ」と息だけで叫びつづけてしまうのだ。どうして黄色い声が出ないのか、自分に問いたい。

これじゃあ端《はた》から見たら、「こいつ、三列目なのに感動が薄いな」と解釈されてしまう。もしくは、「なんでこのひと、臨終の床《とこ》のじいさんみたいに息が荒いの」と思われてしまう。しかし、許容量からあふれそうなほどの喜びに直面すると、なかなか感情を爆発させることってできないのだ。ひたすら「うひゃあ」で夜は更《ふ》けた。

終演後、いつもどおりYちゃんと「反芻会《はんすうかい》（ライブを反芻しながらひたすら飲む会）」を執《と》り行う。だけど出てくる言葉といったら、「夢かのう」「夢じゃよ」ばかり。私たちは、養老院で人生を回顧する老人だろうか。どうにも埒《らち》が明かないので、べつの話題に終始することになる。

ものすごい勢いでグラスを空にしながら、Yちゃんが言った。

「このあいだ私の友だちがね、なにを考えるでもなくボーっとしてるときに、おもしろい言葉を思いついたんやって」

「うん？」

「『名誉助教授』」

私はテーブルにつっぷして悶絶《もんぜつ》した。

「ごめん、それかなりおもしろい」

「やろ？　だけど友だちはそれだけでは飽きたらず、一人でくすくす笑いながら、念のためネットで検索してみたんやって。そしたら実在したんやって、名誉助教授が！」

「いるのか！　絶対に固辞したい肩書きに思えるけど、いったいどういうポジションなんだろ。今後、教授になれそうもないのはもちろんのこと、名誉教授になるためにも、難しいワープ航法を駆使する必要があるとしか思えないが……」

「『特別講師』のほうがまだしも偉い感じがするやんね？　でも、もしかしたら私たちが気づいてなかっただけで、名誉助教授っていうのはフツーの肩書きなのかもしれん」

「一つの大学に、実は五十人ぐらいいたりしてね。そんで『名誉助教授学会』が、大きなホテルで定期的に開催されている」

「なんの研究発表をする学会なのやら、すでにしてようわからんな」

「全国の名誉助教授がとにかく集う。そこに意義がある。そしてものすごい腹の探りあいが繰り広げられるのよ。『きみもとうとう名誉助教授ですか。祝着《しゅうちゃく》至極』」

「『いやあ、私などまだまだ若輩者。十八年も名誉助教授を務めていらっしゃる貴殿にはとてもとても及びません。これからもどうかご指導ご鞭撻《べんたつ》のほどを』。ヤな感じの学会やなあ」

名誉助教授という存在の「ビミョー！」さを、論理的に解明するのは非常に困難である。Yちゃんと私は、「明らかにヘンなのだが（というか矛盾をはらんでいるのだが）、しかしヘンさを論理的に指摘しにくい。だけど世界の成り立ちに関する真実を突いている」事柄について、考察を深めてみることにした。

「いま、『○○』という、すごく売れている漫画があるやん」（『○○』には、各自で思い当たる作品を適当にお入れください）

「あるね」

「私は、あの作品の良さがどーしてもわからんのよ」

「わからんね。だけど、無視できぬほど売れてるから、読んでしまうね。読んで毎回、『なんでこれがもてはやされるんだー！』と怒ってるけど」

「しをんはあれを、どういう作品だと位置づけてる？」

「『エセっぽいオシャレさに紛らわせてはいるけれど、実は貧乏くさい上京物語』だと思う」

「うん、私も基本的に同感。売れる作品に必要な要素が、そこにはすべて詰まっとるんよ。端的に言うと、『金に糸目はつけるな。しかし使うな』という精神だと思うんよ」

出たー！　Yちゃんの金言が出たー！

私は再び悶絶した。金に糸目はつけるな。しかし使うな。これほどまでに矛盾していて、かつ本質を突いた言葉はないだろう。このニュアンスを、論理的に説明することは不可能だ。だが生活の端々で、この精神を実践しているひとを見かけることはある。

私がパッと思いつくのは、たとえば「六本木ヒルズに住んでるひと」。これはもう、「金に糸目はつけるな。しかし使うな」の精神を地で行ってるとしか思えない。もっと規模を縮小したたとえで言うと、「高いチーズとフランスパンを買って食してるんだけど、一日に二回排便するひと」。伝わるかな？　伝わるといいな、このニュアンス。あ、さらにわかりやすいたとえを思いついた。「森茉莉《まり》の『贅沢貧乏』の精神の真逆を行くひと」だ。

私は6Pチーズとヤ○ザキの食パンでいい。しかし、排便は意地でも一週間に一回に抑えたいのだ。これもたとえだ。そういう精神をこそ愛して生きていきたいのであって、六本木ヒルズに住みたいとは天地が逆転しても思わない。

「バクチクのライブに臨む私たちの姿勢も、『贅沢貧乏』でありたいのよ。今回私たちは、三列目という栄誉を勝ち取ったわよね。でも、そこに至るまでの散財を思ってみてよ」

「そうやね、ダフ屋からいい席を買ったら一発で済む話なのに、遠回りに遠回りを重ねて、いまようやく当たりクジを引けたわけやね」

「うん。それでも、我が人生に一片の悔いなしだわ。正規のルートで購入した、これまでのライブのチケット。それがバクチクのみなさんの一食分の足しぐらいにはなったかもしれないと考えれば、席なんか後方でいいの。その積み重ねの結果、十五年に一度、こうして三列目がめぐってくるなら、もうすべてが報われるのよ！」

「そのとおりやわ！　今日、三列目でライブを見て、『やっぱり近い席のほうが楽しいもんなんだなあ。これからは、ライブに行く回数を減らして、浮いた金を貯《た》めてダフ屋からいい席を買っちゃおうかな』と、心の片隅でたしかに思った。だけどそれは結局、『金に糸目はつけるな。しかし使うな』のさもしい精神なんよ！」

再びいい席がめぐってくる日まで、あと十五年。持てる財力のすべてを傾注して、正規のルートで買ったチケットでライブに行きまくるぞ！と、我々は誓いあったのである。「そのささやかな誓いも、充分さもしいんじゃ……」というツッコミは必要ござらん。気高いバラでありたいYちゃんと私だ。

そんなYちゃんの、今回のライブにおける最大の感激ポイントは、

「あっちゃん（バクチクボーカル）が鼻をかんでるところをはじめて見た！」

だ。櫻井《さくらい》氏（ボーカルの名字）は、ステージ上でヂンヂンと鼻をかんでいたのだ。しかも、珍しく堅実にメンバー紹介をし、ドラム担当がドカドカとソロをやってる最中に。あんたなあ、聴けよ、仲間の演奏を！

Yちゃんは目をハートにして、

「美しいひとも、鼻水出るんやね」

と言った。出るだろ、そりゃ。

ゴーゴーゴートラ！

漫画愛好仲間のUさんが、火宅に遊びにきてくれた。飲み食いしながら、ク○ガのDVDを見る。いや、私が無理矢理見せたわけではない。Uさんが率先して、「じゃ、ク○ガを見せてください」と言ったのだ。ホントだってば。

Uさんはかなり真剣に画面に見入り、私はそのかたわらで熱心に解説をした（どんな解説やら）。しまいにUさんは、「このDVD、借りていきます！」と、いそいそと自分の鞄《かばん》に詰めたのだった。

「いきなり全巻を持っていったら、三浦さんが窒息しちゃうでしょ？　まずは半分だけ」

という気づかいを見せながら。オタク心がよくわかった、なんていい娘さんなんだろうねえ。私は感涙にむせびつつ、「ザビエルさま、ついに私は布教に成功しました！」と天に報告したのだった。

Uさんと私は、漫画について熱く語りあった。売れているものと、自分がいいと思うものが異なったときに、己れの心をどう納得させるべきなのか、と。

私たちはいつだって、真剣を抜刀して対峙《たいじ》する気分で、漫画と向きあっているのである。その心意気で、「この漫画はいい！」と心を震わせているのに、箸《はし》にも棒《ぼう》にも引っかからない、斬《き》りかかっても斬りかかっても手応《てごた》えのない幽霊のような作品が、なぜか世間でバカ売れ。これほどむなしいことはない。「これまでの俺の生き方はなんだったのだ」と、剣の道に対する自信を喪失して、切腹したくなる夜もある。

「そのむなしさはやはり、漫画への情熱を糧《かて》に乗り越えていくしかない！」

「日々是《これ》修業！　売れる漫画を見極めたいのじゃない。いいと思える漫画に触れたいだけなのだ。むなしさにめげず、無心に漫画を読むべし、読むべし！」

ここはなんの道場だ。

気勢を上げていたら、Uさんがおもしろい説を教えてくれた。

「『黄金の三角形《ゴールデン・トライアングル》』というんですけどね。『求められることと、したいことと、できること』が見事に一致しているひとが、完璧《かんぺき》に幸せで輝くことのできる人間なんだ、という説です。この三つのバランスがどこかちょっとでも崩れていては、なかなか大物にはなれないんです」

「あー、なるほど。『好きな服と似合う服はちがう』みたいなもんですね。よくわかります。思いがけないことを他人から期待されたり、自分がやりたいことと違うことをさせられたり、自分にはできると思って取り組んだのに果たせなかったりすると、たしかに不幸や渇望《かつぼう》を感じますものねえ」

しかし、「求められることと、したいことと、できること」のバランスが完璧に取れているひとなんて、滅多にいないんじゃないか。私はその疑問を、Uさんにぶつけてみた。

「だけど、たとえばいったいだれが、『ゴールデン・トライアングル』達成者なんでしょうか」

「矢沢A吉です」

と、Uさんは厳《おごそ》かに言った。ものすごく納得した。

Uさんは先日、AちゃんのライブDVDを見たのだそうだ。なんで見る。まあいい。それで、「神だよ！　この輝き、ファンたちの熱狂。Aちゃんは宗教！　Aちゃんは神！」と、いたく胸打たれたらしい。

「Aちゃんのなかで、完璧なる黄金の三角が描かれているのが、私にはまざまざと見えました。Aちゃん以外のだれが、『日本のリバプールはここだ！』と言って、広島から横須賀にやってくるでしょうか。横須賀市民だって、自分たちの住んでるところが日本のリバプールだなんて、夢にも思ってませんよ。それなのに、この根拠のない自信。でも愛さずにはいられないキャラクター。金を持ち逃げされても色あせないオーラ。神です」

「たしかに」

と私も深くうなずいた。「Aちゃんは空前にして絶後、唯一《ゆいいつ》にして無二の存在です。これがゴールデン・トライアングルというものか……！」

そこで私たちは、ゴールデン・トライアングル達成者だと思える人物を、各界から選定してみることにした。

「まずスポーツ界で考えてみましょう。これもやはり、音楽と同じで実力と才能の世界ですから、けっこう達成者がいるような気がしますね」

「いまパッと思いついたのは、中田さんです（ヒデ・サッカー）」

「中田さん！　たしかに、もうだれにも追いつけません（主にライフスタイル）。彼がどこを目指しているのか、判定不能です（主にファッション）。それでいて、あたたかく見守りたい気分にさせる」

「ここだけの話、私は雑誌で中田さん特集を見かけると、必ずチェックしています。『ア○ア○』の中田さん特集はすごかったですよ。噂《うわさ》には聞いていましたが、彼はものすごい量の服を持って旅をしてます。それをまた、きちんとホテルの部屋のタンスにしまうんですよ。胸がキュンキュンして、思わず特集ページを切り抜きました。気分が沈んだときにはそれを眺めて、ほくそ笑んでます」

「あなた、それでホントに中田さんが好きなのですか……？」

「愛にはいろんな形があるのです」

なんで教科書の英文和訳みたいな口調になってるんだ。

「しかしまあ、スポーツ選手には故障がつきものですからね。その点で、中田さんのトライアングルはやや崩れているときがあるかもしれません」

「故障を屁《へ》とも思わず、プレッシャーと無縁なスポーツ選手……。いるんでしょうか」

「松井さん松井さん松井さん！（ゴジラ・元巨人軍）」

「そうだ、松井さんがいたー！　もうなにも説明はいりません。彼はゴールデン・トライアングルです」

「イチローではなく松井さんだ、ということに、きっと多くのひとの同意を得られると思うのです。イチローはたしかにすごい。だけどなぜか私の心が、『しかしゴールデン・トライアングルではない』と囁《ささや》いています。この違いはなんでしょうか？　そこに、ゴールデン・トライアングルのキモがあるように思えます」

「検証してみましょう。ゴールデン・トライアングル達成者は、いつなんどきでも輝いています。神です。宗教です。根拠のない自信まんまんです。イチローは輝いてはいますが、それはゴー・トラ（と略す）達成者の輝きとは別種のものだと感じられる」

「わかった！　イチローは神にも宗教にもなれない。なぜなら彼自身が、『野球』という宗教を一心に探求しているからです。彼はあくまで究極の求道者《ぐどうしゃ》であり、神そのもの、宗教そのものではないのです！」

「そのとおりだ……。私はいま、ゴー・トラというものの本質に触れた気がします。ゴー・トラ達成者とは、自分の築いたゴールデン・トライアングルの中心で、『俺ばんざい！』を叫ぶひとのことなのです」

「それって、臆面《おくめん》がないひとってこと？」

「いやいやうんうん。とにかく、完全なる自己肯定。これがゴールデン・トライアングルのキモなのです。いくら才能があって、『求められることと、したいことと、できること』が一致していても、それだけでは駄目です。そのうえに『俺ばんざい！』の精神があってこそ、黄金の三角形が完成するのです！」

「クフ王のピラミッドのごとく、盤石な説です。では、スポーツ界では松井さんということで。役者ではだれかいるでしょうかね」

「むずかしいです。役者さんというのは、どこかにコンプレックスのあるひとが多いように見受けられますからね。だからこそ、演技という特殊技能が発達してるんだと思いますが。ただそうなると、完全なる自己肯定、『俺ばんざい！』のひとは、なかなか……」

「翔《しょう》兄《アニ》ィ翔兄ィ翔兄ィ！」

「いたー！『俺ばんざい！』の役者、いたー！」

もはや片言《かたこと》しかしゃべれないほど、興奮する私たち。

「いましたね、グレート・アクター哀川《あいかわ》翔が」

「彼がゴールデン・トライアングル達成者であること、神であり宗教であること。地球上のだれ一人として否定いたしますまい」

「私、兄ィが矢沢A吉と親戚《しんせき》だったとしても驚きません。むしろいま、『親戚じゃないのか？』と、両家の家系図を調べたい気持ちを持てあまし気味です」

「一族だとしか思えない。確実に同じ血を感じます」

「ゴールデン・トライアングルについて、具体例も挙げられましたし、かなり本質に迫る検証ができたと言えるでしょう。そろそろまとめに入ります」

「はい。本日の検証会によって私が得た結論を、僭越《せんえつ》ながら述べさせていただきます。『ゴー・トラ、常人には無理！』」

「まったくもって同感です。それでもゴー・トラ構築を目指したいかたは、『俺ばんざい！』。この言葉を胸に刻んでください」

以上。散会！

あとがきにかえて――反省会@物陰カフェ

「ってことで、後半になるにつれどんどん我が理性が溶解していくさまが如実《にょじつ》にわかる、かなりアイタタな本に仕上がったわけだが。親愛なるUさんよ、きみをこのカフェに呼びだしたのはほかでもない。先日、ものすごい事件が起こったのだよ」

「なんですかー」

「気を確かに持って聞いてくれたまえ。実はある筋から、『そんなに×××ョーが好きなら、映画の試写会に行きます？　引き合わせられると思いますけど』と言われたんだ」

「なななななんですって！　それでどうしたんです！」

「コーヒーこぼれてるよ、Uさん。もちろん、悩んださ。これまでの人生で、こんなに悩んだことがあったかと思うほど悩んだ。しかし深夜に一時間近く熟考し、迷った末に……男らしく(?)お断りした！」

「馬鹿《ばか》もんー！(テーブルをひっくり返すUさん)ああ〜、もったいない。二度とないようなでっかいネタになるかもしれなかったのに！」

「大馬鹿もんー！(ひっくり返ったテーブルをさらに投げ飛ばす私)きみはなにを寝言言ってるのかね！　これはネタなんかじゃない！　俺のコイバナだ！　実らなかった恋にまつわる話だ！　もっと親身になって聞けー！」

「恋もなにも、出会いの芽を自分で摘《つ》んでるじゃないですか」

「……たしかに、『転校生が来る前に自分が転校しちゃった』みたいな感があるな」

「こんなときばっかり比喩《ひゆ》を冴《さ》えさせなくていいです！」

「じゃあ聞くがね、Uさん。きみだったらどうする。その試写会に行くか？」

「無理ですよ。彼の前に立つなんて、畏《おそ》れ多いもん」

「そうだろう、それが乙女というものだ！(ガッキと抱きあうUさんと私)」

「それにしたって、そんな重大事に関する結論を出すまでに一時間って、短すぎやしませんか？　もうちょっと考えてから返事してもよさそうなもんなのに」

「『ごめん俺、早くて……』って言うときの男子高校生の情熱を、きみは責めるつもりか！　ま、男子高校生と違って、二回戦には永遠に挑めないところがこの話のミソだがな」

「わけのわかんない下品な比喩はやめてください！」

「とにかく、ものすごく激しい葛藤《かっとう》が脳内を渦巻いたということだよ。あの密度と濃度で思いをめぐらせられるのは、一時間が限度だ。人間の限界だ」

「どうしたら限界値をもっと引きあげられるんですかねえ」

「友人Hには、『ばかばかばかー！』って百回ぐらい罵《のの》られたあげく、『乙女心は捨てて、いいかげん女になれ！』って指導を受けたよ。やれやれだ」

「それに対して、なんと答えたんです？」

「『断食《だんじき》明けに、いきなり満漢全席を食ったら腹下しちゃうだろ！　重湯《おもゆ》持ってこい重湯！』って逆切れしておいた。そしたらHに、『あんた断食してないときがないじゃん！　重湯なんて味がないもん食うぐらいなら、なにも食わなくていいって思ってるくせに！　だったら出された満漢全席に食らいついていけっつうのー！』って切り返されて、もうグゥの音《ね》も出なかったがな」

「乙女心を捨てきれない私たちには、物陰カフェがお似合いということですね……」

（テーブルをもとどおりに直すUさん）

「うむ。まあ飲もうや（セルフサービスでコーヒーを持ってきた私）」

「ていうか、やっぱりこれぜんっぜんコイバナじゃありませんよ！　ただの不甲斐《ふがい》ない話ですよ！」

「わかってるよ、そんなこと。ちょっと言ってみただけじゃないか。ほら、あれだ。ラブリーな指輪を、薬指にはめて外出するようなもんだ。本当はむくんじゃって中指にはまらないだけなのに、じゃあこの機に乗じて見栄《みえ》はってみようかなー、自分で買った指輪だけど。って、そういうことした経験あるだろ？」

「追いつめられると妙な比喩を連発する習性、なんとかしてください！」

「話は全然変わるがね。うちの近所のデパートに、ヘンテコリンな服ばっかり売ってる店があるんだ。店員さんがみんなかわいくて、押しつけがましくなく楽しい話を振ってくる、いい店だ。で、たまにフラフラと覗《のぞ》きに行くんだが、行くたびに私が身につけているものを褒めてくれる。『そのスカート、とってもステキですね！』とか、『変わった靴履いてますね、どこのですか？』とか。最初はまんざらでもなかったんだが、そのうち気づいた。『そうか、これがこの店のマニュアルなんだな』と。客のファッションを褒めるところから会話の糸口をつかみ、いい気分にさせて服を売るというわけだ。そうなるとこっちも、『勝負だ！』という気になってね。ついにこのあいだ、『イケてないジーンズ、運動靴（決してスニーカーとは呼べない代物《しろもの》）、山用の靴下、この世で一番ぐらいにダサいネルシャツ、青いフリース、スッピン』という恰《かっ》好《こう》で戦いに挑んだ。いくらなんでもこれは褒めようがないだろう、と勝利を確信したね。しかし店員さんはなんと……『そのフリースの青、きれいですね！』って言ったんだよ！　完璧《かんぺき》なる敗北さ。逆にすがすがしい気分になり、思わずヘンテコリンなカットソーとカーディガンを購入したよ」

「ホントに全然話題が変わっちゃってますけど、結局なにが言いたいんです？」

「勝負に負けても自分に勝てば、人生はそれなりに楽しい、ということだ」

「中学生みたいな恥じらいと遠慮を発揮して試写会には行かなかったくせに、壮絶な恰好で平気で町を歩いてるし！　自分にすら充分負けてる事実を直視しましょうよ！」

「ふんふんふん〜」

「鼻歌でごまかさない！」


完！

文庫版あとがき

いつものことだがアホな内容で、文庫化の作業にあたって読み返すたび、「自分が書いたと信じたくない」と思う。少しでも楽しんでいただけたなら、アホ魂もちょっと浮かばれます。

このようなエッセイに解説もなにもあったもんじゃないのに、「解説を」と無茶なお願いをしてしまい、すみませんでした岸本佐知子さん！　お引き受けいただき、どうもありがとうございます！　俺の無駄にあふれてくる（オタク）エネルギーを発電に転用すべく、現在義体を調整中です（詳しくは岸本さんの「解説」を参照のこと）。

今度また、火宅に漫画を読みにいらしてください。

『桃色トワイライト』を読み返して思ったのは、「このころの恋の炎を取り戻したい」ってことだ。いや、いまも好きなんだが、既婚者への恋心をおおっぴらに表明するのは、なんか慎みがないじゃない？　あ、いま、「相手が既婚だろうと未婚だろうと、おまえには全然関係ない！」「ていうか、恋じゃねえだろずーずーしい！」と、脳内野党が激しいヤジを飛ばしてきて、議事進行が困難なほどだ。

かまわずに話を進めるが、カバーイラストを描いてくださっている松苗あけみさんに、「オダ◯ョーが結婚しちゃいましたけど、大丈夫ですか？」とラフの片隅で案じていただいたのも、涙なくしては語れぬ思い出だ。超絶くだらないこと（＝拙者の失恋）でご心配をおかけしてしまい、申し訳ござらぬ。今回もお忙しいなか、どうもありがとうございました！

「死国のYちゃん発案の「物陰カフェ」は、執事喫茶もないころのアイディアで、先見の明が光る。実行に移して大金をもうけたならともかく、脳内企画で終わったものを、はたして「先見の明」と言っていいのかわからぬが。当たってたらなあ、三億円！

ところで、WBC以降のイチロー選手は、ゴー・トラ化傾向にあるのではないかと思うのだが、いかがか。いかがか、って聞かれても困ると思うけど、いかがか。

最近の私が熱心に打ちこんでいるのは、インターネットの無料フラッシュゲームである。あ、「仕事はどうしたー！」と、また脳内野党が騒がしくなったな。おのおのがた、静粛になされい！

落ちてくるブロックを消す、というテトリス的なゲームなのだが、これがけっこう奥が深い。「今日が締め切りなんだから、一回だけ」と自分に言い聞かせるのに、凡ミスでゲームオーバーになると悔しくて、ついつい「もう一回」と、延々とやってしまう。ブロックの落下スピードが上がり、「あせるな、ここは慎重に……」と自分に言い聞かせるのに、どうしても「あわあわあわ」となって手もとが狂う。

「敵（締め切り）を倒すには、まず自分を知らねばならぬ」という。ゲームを通して、己れの弱さを直視しているのだ。無為にゲームに興じ、いたずらに時間を浪費するような吾輩《わがはい》では断じてない！

……わかった、吾輩が悪かった。今日は一時間ぐらいでゲームを切りあげといてやる。だから脳内野党よ、臓腑《ぞうふ》をえぐるようなヤジはそこまでにしといてくれ。頼む。

親しいひとたちのあいだでの最近のはやりは、「今日はこれぐらいにしといてやる」だ。「今日は、ひがむのはこれぐらいにしといてやる」「今日の腹筋運動は、二回ぐらいにしといてやる」など、「かっこよく宣言してるつもりなのに、残念な感じ」を追求するのが使命だ。

そんなことを追求したからといって、地球が平和になるわけでも、消費税率の引きあげに待ったがかかるわけでもあるまいに。と冷笑するのは早計だ。考えてもみてほしい。「宣言」の多くが、なんとなくうさんくさく、形骸化《けいがいか》しちゃっているのはなぜなのか、を。

それはたぶん、非の打ちどころのない理想や目標を、堂々と掲げすぎているからだろう。「平和な世の中の到来を目指します」「消費税率の引きあげは、必要に応じて、慎重に議論を重ねたうえで、やむをえず実行に移すこともあるかと存じます。あしからず」って言われたら、「そうですか、そうですね……」と、なんとなくうなずくしかない。そんなのは、心の伴わぬうなずきである。

そこで、ちょっとツッコミどころがあったほうが、聞いたひとの心に残る、生きた宣言になるのではないかと、吾輩は熟慮のすえにあえて、「ひがむのはこれぐらいに」「腹筋は二回ぐらいに」など、残念感のある宣言をすることにしたのだ。このほうが、「『これぐらいに』って、どんだけひがんだんだよ」「たとえ二回であっても、まったくやらないよりはマシかもしれないね……」、もしくは、「締め切り当日のゲームは、せめて三十分にしといたほうがいいんじゃないのか」といったように、しみじみと心に染《し》み入ってくるというものではありませんか。

てな感じで、あいかわらず愚にもつかぬことばかり言ったりやったりしていますが、またどこかでお会いできれば幸いです。
お読みいただき、どうもありがとうございました。

二〇一〇年一月

三浦しをん

解説

岸本佐知子

昼間の渋谷を歩いていたときのことだ。私は待ち合わせに遅れそうで、焦《あせ》っていた。スクランブル交差点を渡り、雑踏をかきわけて東急本店のほうに早足で歩いた。早足で歩くとしぜんと手の振りが大きくなる。大きく前に振りだした私の手の先と、前をやはり早足で歩く男性が大きく後ろに振った手の先が「しゅぽっ」とはまって、前後で仲良く手をつないだかっこうになった。男の人ははっとなって振り返り(スーツ姿の若いサラリーマンだった)、私たちは一瞬、変な具合に見つめあった。

この話を人にすると、けっこう受ける。みんなギャハハと笑ったあと、「これでエッセイ一つ書けるね」と言ってくれる。たしかにそんな気がする。ところが、いざ書こうとすると、これがちっともうまくいかない。単なる事実の報道にはなっても、ぜんぜん面白くならないのだ。こういうことはしょっちゅうある。日常の面白い出来事を面白く書くのは、簡単そうに見えて、じつはとても難しい。それは選ばれた人にしかできない、大変に高度な技を要求される芸なのだ。そのことに気づかされるたびに、ああ、自分が三浦しをんであったら、と地団駄を踏みたくなる。
三浦しをんの（本当は呼び捨てになんかしない、つねづね〝師匠〟とお呼びしているのだが、理由は後述）エッセイの最大の魅力は、何といってもライブ感だ。次々に流れては過ぎていく〈今〉をはっしとつかみ取ってくる、その運動神経のよさ。そうやってつかみとってきた〈今〉にあやまたずツッコミを入れていく、キレキレの言葉芸。うかうかしていると、思いもよらないときに思いもよらない角度から思いもよらない語彙《ごい》のツッコミが飛んできて、飲んでいたお茶を盛大に吹くことになる。
たとえば本書のこんな一節。しをんさんの父上は、携帯電話に登録してある番号をボタンで呼びだすことができず、いつも音声機能を使って（つまり携帯に向かってかけたい人の名前を連呼して）番号を呼びだしているらしいのだが、
一度など、駅で父と待ち合わせしていて、雑踏のなかで「しをん！　しをん！」と言ってるのを見かけてしまった。本気で近寄りたくなかったのだが、しょうがないから背後から「なによ」と声をかけた。父は振り返って私を認め、「ああ、来たか」と、なにごともなかったかのように携帯電話を内ポケットにしまった。

召還魔法かよ！

あるいは、地震をめぐるこんなくだり。

と、そこに揺れが来たのである。鍋《なべ》から豆乳をすすり、漫画を読んでいた私がまず感じたのは、「ふざけんな！」という怒りだった。「私は一日の終わりに、ようやく三十分の休息を自分に許し、パソコン机の前で飯を食いながら漫画を読んでいるのだ。それを貴様（地球）の都合で中断されてたまるか！」。

どうです。「召還魔法」と「貴様（地球）」で、あなたもまんまと吹いたであろう。しをんさんのエッセイを読むたびに、この感じ、何かを思い出すよなあ、でも何だっけ、と思っていたのだが、いま引用していてわかった気がする。よく電車やバスの中で、仲良しの高校生男子どうしが繰り広げているトーク。あれを盗み聞きしている感じにちょっと似ているのだ。日常のよしなしごとを題材に、ただただ自分たちの笑いのセンスに導かれて、若い脳みそから絶妙のボケやツッコミが高速で繰り出される。あのスピード感やライブ感を、なんだか思い出すのだ。

そして三浦しをんのエッセイといえば、言わずと知れた妄想の暴走だ。何かのきっかけで、いや何のきっかけもなくても、瞬時に妄想のスイッチが入る。妖《あや》しい花園に旅立つまでコンマ一秒とかからない。時に旅立ったまま帰ってこない。たとえば不動産屋の森田剛《ごう》似の兄ちゃんの左手薬指に指輪があるのを見ただけで、こうなる。

というわけで、「ははーん、森田よ（仮名。私は心の中で、彼を常に「森田」と呼んでいた）。おぬし、その指輪を『女よけ』としてはめているのだな？　いままでも女性客に言い寄られ、部屋の内見のときに危うく押し倒されそうになったり、森田が『いかがですか、この部屋』と雨戸を開けて振り返ったら、女がすっぽんぽんになってて、『まだよくわからないわ。もっと隅々まで見せて森田さん！』と迫ってきたりと、散々な目に遭ったんじゃろう。ぐっしっし。色男はつらいな、森田よ！」と、私はひとしきり、内心でうなずいたのだった。

著者が脳内に理想の高校を作っていて、制服のデザインやら校舎の見取り図やクラス名簿まで決まっているのはよく知られた話だが（『しをんのしおり』参照）、『桃色トワイライト』の白眉《はくび》は何といっても「物陰カフェ」の創設であろう。まだ読んでいない人のために詳細は伏せるが、「げしし」な物件である、とだけ言っておこう。

三浦しをんが天性のエッセイ書きである理由はそれだけではない。日常のすごく些《さ》細《さい》な出来事を題材にしてさえ面白いのに（コンビニで買った塩カルビ弁当にレモン塩だれがついていなかったということだけで、どうしてこんなに笑えてしまうのか）、彼女の周りにはなぜか日常を大幅に逸脱した出来事や人が自然と集まってきてしまうようなのだ。なぜたまたま乗ったタクシーの運転手がそのように奇天烈《きてれつ》なのか。なぜ家族や友人たちがそんなにいちいちキャラ立ちしているのか（女は結婚したらお歯黒を入れなければならないと高校のときまで信じていた友人なんて、国宝級の貴重さだ）。もはや笑いの神に見込まれているとしか思えない。

しかしだ。言うまでもなく、三浦しをんには小説家というもう一つの顔がある。この原稿を書くにあたって小説を何冊か読みなおしてみて、一作ごとの完成度の高さとジャンルの多様さにあらためて驚嘆した。『風が強く吹いている』で爽《さわ》やかな感動に涙し、『光』で人の心の暗い淵《ふち》をのぞきこんで戦慄《せんりつ》し、『まほろ駅前多田便利軒』で思うさまキュンキュンし、『私が語りはじめた彼は』で語りの輪舞に幻惑され……と、読んでいるあいだじゅう心がものすごく忙しいことになった。加えて数あるエッセイ集を読んで、小説とのあまりの違いに軽い目まいを覚えた（このアップダウンを発電とかに利用できないものだろうか)。もしかしたら「三浦しをん」は一人じゃないんじゃないか。このエッセイを書いている、バレエダンサーのチンカップに激しく気を取られたり、『仮面ライダーク○ガ』の布教に日々これつとめたり、夜中についカッとなって大量の鍋をこしらえたり、オ○ジョー恋しさに十二時間ぶっ続けでネットサーフィンをしたり、ホ○漫画を読んだりホ○漫画を読んだりホ○漫画を読んだりしているこの人と、読む者の心を激しく揺さぶる骨太の小説をどしどし書いているあの人とは、本当に同一人物なのであろうか。ひょっとしたら「火宅」には秘密の小部屋があって、何人もの「三浦しをん」が机を並べてせっせと小説やらエッセイやらを書いているのではあるまいか。

三浦しをんの小説とエッセイの両方を読むと、作家の営み、ということをしみじみ思う。以前ある作家が、小説を書くのにいちばん必要な能力は何か、と問われて、「感情の記憶力」と答えていたことを思い出す。その人は、とても苦くて、とてもいい恋愛小説をいくつも書いているのだが、作品すべてが実体験に基づいているわけではないのだという。日々の暮らしの中で起きるさまざまな感情の動きを覚えておいて、それを時間をかけていろいろな方向に培養していくのだそうだ。三浦しをんのエッセイを読むとき、私たちは、作家が鮮やかな手つきで世界から記憶の種をつかみとってくる、そのキワキワの現場を目撃しているのだと思う。たぶん、ここに書かれている何十倍、何百倍もの〈今〉の記憶が、同じ鮮やかさで切り取られ、どこかに蓄えられ、今こうしているあいだにも、ひっそりと育まれている。そう思ってページに目をこらすと、行間からシュワシュワ、シュワシュワと音が立ちのぼってくるような気がする。それは作家の脳細胞がいっときも休むことなく動いている音だ。まるで木の根っこが地中から水分や養分を吸い上げる音のようだ。一本の木の作りだす葉と花と実はぜんぜん違うけれど、根っこは一つだ。何がどうなって葉や花や実が作られるのか、なぜ木はそもそもそれを作ろうとするのか、それは私たち人間には神秘のままだけど、幹に耳をくっつければ、その営みの不可思議で頼もしい音が、シュワシュワ、シュワシュワと聞こえてくる。

ところでさっきも書いたとおり、しをんさんは、さる道における私の師匠である。日本の婦女子の間に古くより伝わる伝統の芸道なのであるが、何であるかは特に秘す。ここでは仮にイニシャルを取って、BL道、とでもしておこう。そもそもは〝ヴィゴ愛友だち〟としてこの本にも登場するYさん（私の本の装丁を担当してくださっている）の手引きで入門させていただいた。まるきりの初心者であるのに、いきなりこの国のBL道の頂点ともいうべき師匠に図々《ずうずう》しくも弟子入りしてしまい、恐縮している。図々しさついでに火宅にもお邪魔した。日の高いうちから当然のように酒盛りが始まり、そして当然のように始まるク○ガ鑑賞会。より正確に言うなら、全員がテレビの前に座らされ、師匠がリモコンの早送りと一時停止を華麗に駆使しつつ「オ○ジョーがいかに回を追うごとに美しさを増していくか」「いかにこのシーンとこのシーンの間で五代と一条の愛の深まりが暗示されているか」等々について熱くレクチャーするのを拝聴した。

そういえば、火宅にはたしかに秘密の小部屋があった。師匠は、最初のうちは「この扉だけは決して開けてはなりません」と鶴《つる》のようなことを言っていたが、深夜になって酒が回って気がゆるんだのか、「この部屋も見るー？　あははー」と気前よく見せてくれた。中では三浦しをんの複数の義体が机に向かっている、ということは全然なく、机とベッド、そしてその隙間《すきま》を埋め尽くすように膨大な量のホ○漫画が積んであった。積みきれなかったぶんはベッドの上にまで進出していて、師匠はホ○漫画のために半分の幅になったベッドで窮屈に寝ていたのだった。私はBL道とはかくも修羅の道であるのかと心打たれ、自分もこれから精進しようと胸の奥に誓った。

そうだ、そのときにお借りしたホ○漫画で、まだお返ししていないものがあるのをいま思い出した。不肖の弟子ですみません。こんどまた何か貸してください。

（平成二十二年一月、翻訳家）

この作品は二〇〇五年八月太田出版より刊行された。

三浦しをん著　乙女なげやり

日常生活でも妄想世界はいつもハイテンション。どんな悩みも爽快に忘れられる「人生相談」も収録！　脱力の痛快ヘタレエッセイ。

三浦しをん著　風が強く吹いている

目指せ、箱根駅伝。風を感じながら、たすき繋いで、走り抜け！「速く」ではなく「強く」——純度100パーセントの疾走青春小説。

角田光代著　キッドナップ・ツアー
産経児童出版文化賞フジテレビ賞
路傍の石文学賞

私はおとうさんにユウカイ(＝キッドナップ)された！　だらしなくて情けない父親とクールな女の子ハルの、ひと夏のユウカイ旅行。

角田光代著　真昼の花

私はまだ帰らない、帰りたくない——。アジアを漂流するバックパッカーの癒しえぬ孤独を描いた表題作ほか「地上八階の海」を収録。

角田光代著　おやすみ、こわい夢を見ないように

もう、あいつは、いなくなれ……。いじめ、不倫、逆恨み。理不尽な仕打ちに心を壊された人々。残酷な「いま」を刻んだ7つのドラマ。

角田光代著　さがしもの

「おばあちゃん、幽霊になってもこれが読みたかったの？」運命を変え、世界につながる小さな魔法「本」への愛にあふれた短編集。

角田光代著
しあわせのねだん
私たちはお金を使うとき、べつのものも確実に手に入れている。家計簿名人のカクタさんがサイフの中身を大公開してお金の謎に迫る。

角田光代
鏡リュウジ著
12星座の恋物語
夢のコラボがついに実現！ 12の星座の真実に迫る上質のラブストーリー＆ホロスコープガイド。星占いを愛する全ての人に贈ります。

恩田陸著
球形の季節
奇妙な噂が広まり、金平糖のおまじないが流行り、女子高生が消えた。いま確かに何かが大きく変わろうとしていた。学園モダンホラー。

恩田陸著
六番目の小夜子
ツムラサヨコ。奇妙なゲームが受け継がれる高校に、謎めいた生徒が転校してきた。青春のきらめきを放つ、伝説のモダン・ホラー。

恩田陸著
不安な童話
遠い昔、海辺で起きた惨劇。私を襲う他人の記憶は、果たして殺された彼女のものなのか。知らなければよかった現実、新たな悲劇。

恩田陸著
ライオンハート
17世紀のロンドン、19世紀のシェルブール、20世紀のパナマ、フロリダ……。時空を越えて邂逅する男と女。異色のラブストーリー。

恩田陸著

図書室の海

学校に代々伝わる〈サヨコ〉伝説。女子高生は伝説に関わる秘密の使命を託された――。恩田ワールドの魅力満載。全10話の短篇玉手箱。

恩田陸著

夜のピクニック

吉川英治文学新人賞・本屋大賞受賞

小さな賭けを胸に秘め、貴子は高校生活最後のイベント歩行祭にのぞむ。誰にも言えない秘密を清算するために。永遠普遍の青春小説。

恩田陸著

小説以外

転校の多い学生時代、バブル期で超多忙だった会社勤めの頃、いつも傍らには本があった。本に愛され本を愛する作家のエッセイ集大成。

恩田陸著

中庭の出来事

山本周五郎賞受賞

瀟洒なホテルの中庭で、気鋭の脚本家が謎の死を遂げた。容疑は三人の女優に掛かるが。芝居とミステリが見事に融合した著者の新境地。

梨木香歩著

裏庭

児童文学ファンタジー大賞受賞

荒れはてた洋館の、秘密の裏庭で声を聞いた――教えよう、君に。そして少女の孤独な魂は、冒険へと旅立った。自分に出会うために。

梨木香歩著

西の魔女が死んだ

学校に足が向かなくなった少女が、大好きな祖母から受けた魔女の手ほどき。何事も自分で決めるのが、魔女修行の肝心かなめで……。

梨木香歩著

からくりからくさ

祖母が暮らした古い家。糸を染め、機を織る、静かで、けれどもたしかな実感に満ちた日々。生命を支える新しい絆を心に深く伝える物語。

梨木香歩著

りかさん

持ち主と心を通わすことができる不思議な人形りかさんに導かれて、古い人形たちの遠い記憶に触れた時——。「ミケルの庭」を併録。

梨木香歩著

エンジェル エンジェル エンジェル

神様は天使になりきれない人間をゆるしてくださるのだろうか。コウコの嘆きがおばあちゃんの胸奥に眠る切ない記憶を呼び起こす。

梨木香歩著

春になったら苺を摘みに

「理解はできないが受け容れる」——日常を深く生き抜くことを自分に問い続ける著者が、物語の生れる場所で紡ぐ初めてのエッセイ。

梨木香歩著

家守綺譚

百年少し前、亡き友の古い家に住む作家の日常にこぼれ出る豊穣な気配……天地の精や植物と作家をめぐる、不思議に懐かしい29章。

梨木香歩著

ぐるりのこと

日常を丁寧に生きて、今いる場所から、一歩一歩確かめながら考えていく。世界《ぐるり》と心通わせて、物語へと向かう強い想いを綴る。

梨木香歩著　沼地のある森を抜けて
紫式部文学賞受賞

はじまりは、「ぬかどこ」だった……。あらゆる命に仕込まれた可能性への夢。人間の生の営みの不可思議。命の繋がりを伝える長編。

さくらももこ著　そういうふうにできている

ちびまる子ちゃん妊娠!? お腹の中には宇宙生命体＝コジコジが!? 期待に違わぬスッタモンダの産前産後を完全実況、大笑い保証付！

さくらももこ著　憧れのまほうつかい

17歳のももこが出会って、大きな影響をうけた絵本作家ル・カイン。憧れの人を訪ねる珍道中を綴った、涙と笑いの桃印エッセイ。

さくらももこ著　さくらえび

父ヒロシに幼い息子、ももこのすっとこどっこいな日常のオールスターが勢揃い！ 奇跡の爆笑雑誌「富士山」からの粒よりエッセイ。

さくらももこ著　またたび

世界中のいろんなところに行って、いろんな目にあってきたよ！ 伝説の面白雑誌『富士山』(全5号) からよりすぐった抱腹珍道中！

佐藤多佳子著　しゃべれども しゃべれども

頑固でめっぽう気が短い。おまけに女の気持ちにゃとんと疎い。この俺に話し方を教えろって？ 「読後いい人になってる」率100％小説。

佐藤多佳子著

サマータイム

友情、って呼ぶにはためらいがある。だから、眩しくて大切な、あの夏。広一くんとぼくと佳奈。セカイを知り始める一瞬を映した四篇。

佐藤多佳子著

神様がくれた指

都会の片隅で出会ったのは、怪我をしたスリとオケラの占い師。「偶然」という魔法に導かれた都会のアドベンチャーゲームが始まる。

佐藤多佳子著

黄色い目の魚

奇跡のように、運命のように、俺たちは出会った。もどかしくて切ない十六歳という季節を生きてゆく悟とみのり。海辺の高校の物語。

最相葉月著

あのころの未来
—星新一の預言—

人類と科学の関係を問う星作品を読み解き、立ち止まって考える、科学と僕らのこれから。星新一の思想を知り想いを伝えるエッセイ。

最相葉月著

絶対音感
小学館ノンフィクション大賞受賞

それは天才音楽家に必須の能力なのか？ 音楽を志す誰もが欲しがるその能力の謎を探り、音楽の本質に迫るノンフィクション。

最相葉月著

東京大学応援部物語

連戦連敗の東大野球部を必死に応援する熱いやつら。彼らは何を求めて叫ぶのか。11人の学ラン姿を追う、感涙必至の熱血青春ドラマ。

吉本ばなな著

とかげ

私のプロポーズに対して、長い沈黙の後とかげは言った。「秘密があるの」。ゆるやかな癒しの時間が流れる6編のショート・ストーリー。

吉本ばなな著

キッチン

海燕新人文学賞受賞

淋しさと優しさの交錯の中で、世界が不思議な調和にみちている――〈世界の吉本ばなな〉のすべてはここから始まった。定本決定版！

吉本ばなな著

アムリタ
（上・下）

会いたい、すべての美しい瞬間に。感謝したい、今ここに存在していることに。清冽でせつない、吉本ばななの記念碑的長編。

吉本ばなな著

うたかた
サンクチュアリ

人を好きになることはほんとうにかなしい――運命的な出会いと恋、その希望と光を瑞々しく静謐に描いた珠玉の中編二作品。

吉本ばなな著

白河夜船

夜の底でしか愛し合えない私とあなた――生きてゆくことの苦しさを「夜」に投影し、愛することのせつなさを描いた〝眠り三部作〟。

よしもとばなな著

ハゴロモ

失恋の痛みと都会の疲れを癒すべく、故郷に舞い戻ったほたる。懐かしくもいとしい人々のやさしさに包まれる――静かな回復の物語。

よしもとばなな著
なんくるない
どうにかなるさ、大丈夫。沖縄という場所が、人が、言葉が、声ならぬ声をかけてくる——。何かに感謝したくなる四つの滋味深い物語。

よしもとばなな著
みずうみ
深い傷を心に抱えた中島くんと、ママを亡くした私に、湖畔の一軒家は静かに呼びかける。損なわれた魂の再生を描く奇跡の物語。

宮木あや子著
花宵道中
R-18文学賞受賞
あちきら、男に夢を見させるためだけに、生きておりんす——江戸末期の新吉原、叶わぬ恋に散る遊女たちを描いた、官能純愛絵巻。

仁木英之著
僕僕先生
日本ファンタジーノベル大賞受賞
美少女仙人に弟子入り修行!? 弱気なぐうたら青年が、素晴らしき混沌を旅する冒険奇譚。大ヒット僕僕シリーズ第一弾!

森見登美彦著
太陽の塔
日本ファンタジーノベル大賞受賞
巨大な妄想力以外、何も持たぬフラレ大学生が京都の街を無闇に駆け巡る。失恋に枕を濡らした全ての男たちに捧ぐ、爆笑青春巨篇!

森見登美彦著
きつねのはなし
古道具屋から品物を託された青年が訪れた奇妙な屋敷。彼はそこで魔に魅入られたのか。美しく怖しくて愛おしい、漆黒の京都奇譚集。

新潮文庫最新刊

よしもとばなな著

王国
—その1 アンドロメダ・ハイツ—

愛と尊敬の上に築かれる新しい我が家。大きな愛情の輪に守られた、特別な力を受け継ぐ女の子の物語。ライフワーク長編第1部！

よしもとばなな著

王国
—その2 痛み、失われたものの影、そして魔法—

この光こそが人間の姿なんだ。都会暮らしに戸惑う雫石のふるえる魂を、楓やおばあちゃんが彼方から導く。待望の『王国』続編！

よしもとばなな著

王国
—その3 ひみつの花園—

ここが私たちが信じる場所。片岡さん、そして楓。運命は魂がつなぐ仲間の元へ雫石を呼ぶ。よしもとばななが未来に放つ最高傑作！

江國香織著

がらくた
島清恋愛文学賞受賞

海外のリゾートで出会った45歳の柊子と15歳の美しい少女・美海。再会した東京で、夫を交え複雑に絡み合う人間関係を描く恋愛小説。

小手鞠るい著

エンキョリレンアイ

絵本売り場から運命の恋が始まる。海を越えて届く切ない想いに、涙あふれるキセキの物語。エンキョリレンアイ三部作第1弾！

島本理生著

大きな熊が来る前に、おやすみ。

彼との暮らしは、転覆するかも知れない船に乗っているかのよう——。恋をすることで知る心の闇を丁寧に描く、三つの恋愛小説。

桃《もも》色《いろ》トワイライト

新潮文庫　み－34－9

平成二十二年三月一日発行

著者　三《み》浦《うら》しをん
発行者　佐藤隆信
発行所　株式会社　新潮社
郵便番号　一六二―八七一一
東京都新宿区矢来町七一
電話　編集部(〇三)三二六六―五四四〇
読者係(〇三)三二六六―五一一一
http://www.shinchosha.co.jp

価格はカバーに表示してあります。

乱丁・落丁本は、ご面倒ですが小社読者係宛ご送付ください。送料小社負担にてお取替えいたします。

印刷・株式会社光邦　製本・憲専堂製本株式会社

ISBN978-4-10-116759-6 C0195